大畫情聖
十
折騰天下
上山打老虎 著

大畫情聖

【目錄】

第一四六章
各懷鬼胎

智考考場在禮部衙門，考生在衙外的長廊候著。
沈傲到了考場，便看到蔡行正搖扇等待，
見了沈傲，蔡行也施施然地朝他打招呼，
沈傲過去和他寒暄一番，卻都各懷鬼胎，決口不提考試的事。

唐嚴捲簾進了後室，沈傲只是呆呆坐著，腦中時而想著安寧，時而又牽掛著幾個嬌妻，心中很是悲涼。

一炷香之後，沐浴之後的唐嚴穿著雪白圓領儒衫，戴著方巾，全身簇然一新，施施然的徐步過來，跪坐在沈傲的對案，正色道：

「沈傲，你跪下說話！」

沈傲見他肅然端莊的姿態，不自覺從凳上滑落下來，屈膝跪下。

唐嚴闔著目，嘴唇微微顫抖，方才還是精神抖擻，卻突然之間又蒼老了幾歲，張開眸時，眼眸中迸發出一絲決然，道：「君子言之不出，恥躬之不逮也！」

沈傲認真傾聽，立即就知道唐嚴所說的那句話出自《論語．里仁》，意思是說：君子不輕易亂講話，以自己做不到爲恥。如果說了卻做不到，那是羞恥的事。

唐嚴從容繼續道：「你的承諾雖沒有出口，可是本心已經有了承諾，你既是聖人門下，尊我爲師，便要做一名至誠君子，你好自爲之吧。」

沈傲慚愧道：「學生慚愧，身爲人婿，卻朝三暮四。」

唐嚴仰望虛空，嘆了口氣，道：「君子之於天下也，無適也，無莫也，義之與比。」

沈傲明白了，行禮道：「學生明白。」

心中豁然開朗，站起身來，又行了個禮：「學生告辭！」旋過身去，釋然而去，腳步也不由輕快起來。方才唐嚴那一句「君子之於天下也」，便是告訴沈傲，君子對於天下人，無專士之親，無特定之疏，惟以道義是從。即不問親疏，但以道義是親，亦即以義爲處世準繩。

這是唐嚴向自己表明心跡，他只問道義，不問親疏，既然他認爲沈傲要去做的事是君子的言行，那麼非但不會責怪，反而覺得欣慰，叫沈傲不必慚愧。

只是寥寥幾語，算是解開了沈傲的心結。走出了唐家的瓦屋，沈傲突然從容一笑，他或許卑鄙，或許貪婪，可是當他決心義無反顧的去做某件非做不可的事時，他發覺自己有一種從未有過的輕鬆感。

好，拼了，玩的就是心跳！不過在此之前，還需要好好謀劃一下，我已經不是一個人，我還有一個美滿的家庭，爲了蓁蓁、爲了若兒、茉兒，我也要活著。

他不由自主的到了門庭之外，翻身上馬，往祈國公府去。

去祈國公府自然不是去找周正，這件事，周正無能爲力，與他商議，說不定還極可能拉他下水，他要找的人是陳濟，自己的另一個老師，這個人雖然蝸居公府，可是手段卻是不少，更爲重要的是，他對蔡京瞭解的極爲透澈，有了他的幫助，自己才能擬定出一個完美的方案。

到了國公府，門人見了他歡喜無限，此時再不叫表少爺和姑爺了，一個個侯爺侯爺的叫個不停，有人急不可耐的要去後園通知夫人，沈傲攔住他，道：

「我先去尋陳先生，夫人那邊暫時先不要通知，待會兒我自去給她問安。」

說罷，輕車熟路的向陳濟的住處走去。

與陳濟商議了整整半個下午，沈傲才趕去見了周夫人，周夫人嗔怒著埋怨，回來這麼久，也不見他來府上走動。

沈傲大汗，連忙道：「近幾日有些事要做。」

周夫人轉怒爲笑道：「該忙的還是不要耽擱，有空多來走走便是。」

沈傲應下。

眼看春節臨近，遴選也正式開始了。

第一日考的，自然是琴棋書畫，甚至還有經義文章，皇帝招婿，當然不能只考智商，畢竟智商這玩意也沒有衡量的標準，到時候若是選個文盲出來，那還不遭人取笑？所以第一場考試，與藝考完全相同，第一場是經義，經義的題目叫做「君子去仁，惡乎成名。」這一句出自論語，全文是：「富與貴，是人之所欲也，不以其道得之，不處也。貧與賤，是人之所惡也，不以其道得之，不去也。君子去仁，惡乎成名？君子無終食之間違仁，造次必於是，顛沛必於是。」

這句話很好理解，就是說富與貴是人之所希望的，不依照公認的原則，就不要去獲得；貧與賤是人之所討厭的，不依照公認的原則，就不要去擯棄。全文只點名了一個精髓：「君子愛財，取之有道。」

其實這個經義題並不難，可謂是傻瓜版科舉，沈傲只用最常規的方法來破題，寫道：「是故君子好財，而取之有道矣，是故君子先慎乎德，有德此有人，有人此有土，有土此有財，有財此有用。德者本也，財者末也。」

作文章，就是立牌坊，反正盡往好的說，先不論你人品如何，反正就是要唱高調，明明是君子愛財，卻要一篇廢話絮絮叨叨的寫出來，說要取之有道，取之有道還不夠，還要說君子最緊要的是德行，有了德行，才有土地，有了土地才有財富，最後得出一個結論，德行是君子的根本，而財富只是枝葉。

只一句話，將孔夫子的話稍一潤色，一座正大光明的牌坊便金光閃閃的立起來了，接下來的事，不過是給這牌坊修修剪剪，塗脂抹粉罷了。

交上了經義，隨即便是畫論、書考，通過了這幾個考試，才有了真正遴選的資格。

一路考過去，對於沈傲來說，並不困難。

到了第二日，才是正式的智考，經過昨夜的遴選，數千人只留下了幾十人，由此可

見，對於沈傲輕而易舉的經義、書畫，可是對於其他人來說，卻並不容易。

智考考場在禮部衙門，考生在衙外的長廊候著，一個個進去，由考官發問，只是到底考的是什麼內容，沈傲就不知道了。

沈傲到了考場，便看到蔡行正搖扇等待，見了沈傲，蔡行也施施然地朝他打招呼，沈傲過去和他寒暄一番，卻都各懷鬼胎，決口不提考試的事。

考生開始依次入場，許多考生進去，卻大多一臉懊惱地出來，等輪到了蔡行進去，只進去了片刻，回來時顯得精神奕奕，走到沈傲的旁邊，笑呵呵地道：「沈兄，殿試時再會吧。」說罷，揚長而去。

沈傲開始入場，這禮部的衙堂他不是第一遭來，因此一點也不生疏，幾個考官高踞兩側，沈傲不待他們吩咐，大喇喇地坐下，朝眾人抱了個手：「請諸位大人出題。」

沈傲好歹也是知名人物，考官們見了沈傲，大多都是認識的，只是心裏嘀咕，此人不是已經娶妻了嗎?怎麼什麼熱鬧都有他的份!

考官們心裏腹誹一番，卻不敢小看了這沈寺卿，一個個端正態度，咳嗽一陣，上首的考官道：「古有一人，叫陶淵明，沈寺卿可曾聽說過嗎?」

沈傲笑道：「五柳先生的大名，天下皆知，我又豈會不知?」

主考頷首點頭，忍俊不禁地繼續道：「可是沈寺卿是否知道這位陶先生卻是個斜眼？」

斜眼？沈傲一時愣然，他翻閱的古籍不可勝數，還真沒有聽說過陶淵明有眼疾，看著主考官的樣子，心裏便明白了，這是一個圈套，若說自己不知道，那麼這場考試也就不必繼續了，他會說你孤陋寡聞；可是若你說知道，他便會問，何以見得陶淵明就是斜眼？

這哪裡是智力考試，簡直就是挖了坑等人跳進去，沈傲相信，自己這一跳，他們完全不介意來幫忙鏟土，順道兒將自己埋了。

沈傲笑了笑，道：「知道。」

也只能這樣回答了，不知道就是淘汰出局，知道還有一線生機，管他知道不知道，先忽悠了再說。

那主考官頓時來了興致，道：「沈寺卿果然見多識廣，難怪才名滿天下，那麼老夫要問，陶淵明爲何是斜眼？」

圖窮匕見，真正的殺招來了；方才既然答了知道，這時候若是說不出理由，就說不過去了。

沈傲的臉上仍保持著鎮定的笑容，腦子飛快地運轉起來，不斷回憶著陶淵明的生平和作品。

「沈寺卿，只有一炷香的時間，請快回答吧，若是回答不出，老夫只能請你出場了。」

……

「時間不多，沈寺卿還沒有答案嗎？既如此……」

「且慢！」沈傲突然張眸，朗聲道：「答案我已經有了。」

主考官饒有興趣的看著沈傲：「沈寺卿請說。」

沈傲笑道：「採菊東籬下，悠然見南山，這是五柳先生《飲酒》詩中的一句，明明採的是東南方的菊花，卻又能悠然見到南山，如此可見，五柳先生自然是斜眼了，否則明明對著東方，卻又爲何能見到南山呢？」

考官們紛紛笑起來，那主考官也忍不住露出笑容，捋鬚道：「沈寺卿果然不負才名，佩服！」說罷，朝沈傲抱抱手，繼續道：「至今爲止，數十個考生中只有兩人尋出了答案，沈寺卿可以走了，明日這個時候，去見帝姬殿試即可。」

沈傲回禮，從容地站起來，走了出去。他心裏存了幾分僥倖，這個題目的難度不小，非但要有急智，更需要對陶淵明瞭若指掌，若是不知道陶淵明的詩句，便是再聰明，只怕也是白搭。

出了禮部，沈傲回到家中，周若當先見到他，二人在長廊上對峙，周若上下打量著沈傲道：「夫君這是從哪裡回來？」

沈傲想了想，道：「考試。」

「我就知道你是去遴選了，哼！」周若跺了跺腳，旋身要走。

沈傲連忙將她攔住，苦笑道：「有話好好說，夫人，能不能聽我解釋一下。」

「解釋，解釋什麼？」周若帶著怒氣別過臉，卻沒有立即離開，算是願意聽沈傲的解釋了。

沈傲便將前因後果說了，最後苦著臉道：「說起來，我才是真正的冤枉，這次真的不是招蜂引蝶，實在是迫不得已，再者說，若你的夫君是那種薄情寡義、明哲保身之人，若兒也瞧不上眼，是不是？」

周若嗔怒道：「如此說來，你還有功了？」

沈傲很謙虛地道：「也談不上什麼功勞，主要還是若兒調教得當，不是夫君的品性好，是若兒的領導水準高。」

周若不由地給逗笑了，又是笑又是哭，幽怨道：

「你這沒天良的東西，三天兩日的往這裏領人來，今日是帝姬，明日天知道又是誰。你是有妻室的，跑去參加遴選，惹得龍顏震怒了，看你如何收場，你不為自己著想，也該為我們這一大家子想一想。」

沈傲動情地抱著她，道：「放心，我已經有了萬全之策，你看你夫君什麼時候吃過虧？不怕，不怕！不過，有件事我要和你先說好，明日不管我發生了什麼事，你都不要驚慌，告訴你爹，叫他不要插手，就當作什麼事都沒有發生，告訴他，我很快就沒事的。」

周若聽了他的囑咐，心裏還是擔心了起來，沈傲又安慰她一番，便去叫蓁蓁和唐茉兒聚到一起，將明日決賽的事說了，又囑咐了她們一番，這才一起去用了飯。

翌日清早，沈傲裝束一新，在拂曉時坐著馬車入宮。

到了宮門，又看到了蔡行，他心裏知道，昨天那主考官說兩個人答出了答案，這另外一個人多半就是蔡行了，不過也不稀奇，這個題目很難，難也就罷了，還只規定一炷香時間想出答案。

參加遴選的無非是兩種人，一種是書呆子，另一種雖然頭腦靈活，卻大多連第一場入圍考試都進不了，書呆子卻又過不了第二場考試，所以報名者雖有千人之多，真正有入宮資格的，卻只有沈傲和蔡行。

蔡行能夠入圍，沈傲不以爲然，蔡京便是遴選的主持者，答案早已知曉，事先告訴蔡行，讓蔡行加入角逐也不是一件難事。

蔡家雖然位高權重，卻與皇室一直沒有聯姻，這對於蔡京來說，實在是一件如鯁在喉之事，如今讓蔡行出來追求安寧公主，以安寧公主在皇帝心中的地位，蔡家的地位才能真正的穩固。

所以蔡家對安寧公主志在必取，只是……

沈傲心裏呵呵一笑，厭惡地看了蔡行一眼，心裏想：「想娶公主？哼，先看你能否過了我這關再說，今日若是不把你比下來，我這沈字倒過來寫！」

巳時的鐘鼓傳來，立即有內侍帶著旨意過來，左右顧盼了一眼，朗聲道：「宣人覲見。」

這個人字，也不知是誰想出來的，既不叫姓名，又不報身分，頗有些那個誰誰快過來的意思。

沈傲和蔡行隨著內侍而去，可是去的方向並非是講武殿，而是繞著宮城一直到了後庭，在這裏，又有兩名宮女迎面過來，上下打量了二人一眼，才是對那太監道：「太后懿旨，請二位到景泰閣回話。」

說著，又引著二人去，待到了一處亭樓，宮女先進去通報，隨即便有人道：

「請二位智者進閣。」

沈傲無語，這排場還真是不小，只是既是殿試，怎麼跑到後宮來了，於理不合啊，

莫非是那太后要親自挑選？汗，待會兒見了她，一定很尷尬。

二人進去，跨過門檻，便感受到了這間閣樓的精緻華麗，迎面是一列小型金銀平脫法製成的黑漆屏風，金銀條鑲嵌出時興的紋樣。裏面竹席地上鋪著絲質大紅地毯，綠白藍三色織著寶裝荷花圖案。

閣樓的中央設著鑲嵌著象牙木畫的矮几，旁邊圍著新興的白瓷描美人圖月牙兒凳，矮几上的邢窯白瓷茶具也散放著，左右都是屏風輕紗，恰巧圍成了一個空地，只是輕紗之後，卻是無數個人影晃動，時不時傳出一陣輕笑。

沈傲左右一看，這才發現，這屋子裏的人還真不少，竟都是宮裏的嬪妃，上首坐著的，正是太皇太后和太后二人。

太后見了沈傲，先是臉色一變，可是當著這麼多嬪妃命婦，並沒有吱聲，只是道：「帝姬選親，由哀家來做這考官，你們好好地考，哪個得勝，若是帝姬點了頭，便算是駙馬了。」

蔡行含笑道：「太后坐鎮，學生受寵若驚。」

沈傲本想拍一句馬屁，卻被蔡行搶了臺詞，只好撇撇嘴，乾脆不說話。

太后深望了沈傲一眼，對一邊的命婦耳語了幾句，命婦頷首道：「是。」隨即婀娜而出，走到閣樓的裏屋。

這裏屋的陳設與外廳全然不同，少了幾分奢華，多了幾許典雅，卻見安寧俏臉通紅的坐在珠簾後頭，透過輕紗和珠簾，隱約看著外頭的動靜。

她見沈傲進來，心情頓時複雜難堪，天知道那一次父皇突然問起招親，自己是如何鬼使神差地應承下的，只是心中殷殷期盼，覺得若是招親，或許那沈傲會來，以他的智慧和學問，脫穎而出自是沒有問題的。

只是從前雖是這樣想，今日真聽到沈傲的聲音，她還是不由地慌亂了，安坐在錦墩上，摳著自己的裙襬，不知心裏是喜是憂。

「帝姬。」那命婦走進來，給安寧行了個禮，道：「太后方才傳了話，叫帝姬不要選擇沈傲。」

「……」安寧抬眸，眼眸中平淡如水，啓齒道：「這是為什麼？」

命婦道：「沈傲已經有了妻室，堂堂帝姬，豈能下嫁給他？」

安寧咬著唇，卻是不說話，良久才道：「我知道了。」

小廳裏，太后含笑地看著沈傲和蔡行，對沈傲，她自是欣賞，這個少年既是藝考狀元又是科舉狀元，剛剛入仕便立下大功，如今又已受封侯爵，為鴻臚寺寺卿，不管是學問還是品性，太后挑不出一絲瑕疵來；只是……他已有妻室了，只這一條，就讓太后不得不卻步。

太后的目光又落在蔡行身上，蔡行亦是長得英俊瀟灑，又是蔡家的繼承人，據說才學也是極好的，此時見他一臉溫順乖巧的模樣，太后便忍不住點頭，心中已有了主意。沉默片刻，徐徐開口道：「聽說你們二人的畫都作得極好，哀家今日便請你們作一幅畫吧。」

太后說罷，便揚起手，朝太監使了個眼色，那太監會意，立即招呼幾個小內侍搬了書案和文房四寶來，各擺在沈傲和蔡行身前。

蔡行眼見太后對他露出期許之色，心中暗暗得意，便問：「不知試題是什麼？」

太后想了想，道：「既然你們傾慕安寧，便按你們的奇思，畫出安寧來，不過事先說好，這畫兒需兩尺五寸，多一分不能多，少一分不能少。」

太后言畢，沈傲和蔡行立即明白了，這不只是考校作畫，在這畫的背後，還隱藏著一個難題。因爲太監送來的畫紙，只有兩尺三寸左右，用兩尺三寸的紙兒，作出兩尺五寸的畫，這幅畫，只怕不簡單。

蔡行貌甚篤定，似是胸中已有了答案，笑道：「太后少待，學生這就爲安寧帝姬作畫一幅。」隨即舉起筆來，蘸了蘸墨，開始落筆。

「這是作弊啊！」沈傲心裏不由地大罵，覺得實在不公平，這些試題，多半是蔡京出的，蔡京告訴蔡行，蔡行做好了準備，便是打算在今日大放異彩；這一對祖孫，真是無恥到極點了。

沈傲想了想，頓時陷入遲疑，兩尺三寸的紙要多出兩寸，這倒是難了，他舉起筆來陷入深思，隨即，他微微一笑，也開始動起筆來。

亭樓裏，兩個少年舉著筆，一個風度翩翩，舉筆落墨之間淡定從容；另一個掛著笑容，胸有成竹，一旁的嬪妃、命婦都屏住呼吸，樓內針落可聞。

只過去半個時辰，蔡行最先落筆，他原本就占了優勢，有了祖父的「指點」，自是比沈傲快了幾分，吹了吹墨跡，眼睛朝沈傲這邊看來，見沈傲還在下筆疾書，溫文爾雅的臉上露出一絲譏誚，恭順地朝太后行禮道：「回太后，學生已經畫好了！」

太后大喜，立即道：「好，來人，拿給哀家來看看。」

蔡行喜滋滋地將畫交給遞送的太監，那太監小心翼翼地捧著畫，繞過輕紗帷幔，將畫兒展在太后跟前，嬪妃、命婦們紛紛聚攏過來看，一時間都是嘖嘖稱奇。

蔡行的畫恰好是兩尺五寸，雖是兩尺三寸的紙兒，可是將畫紙對角一捲，兩個對角之間的距離恰好就多了兩尺，恰好符合了太后的條件。

趙佶好書畫，引得這宮裏的嬪妃大多都有了幾分書畫的鑑賞能力，蔡行的畫落入嬪妃們的眼簾，便立即引來一陣叫好。

這畫的用筆十分細膩，精妙到了極點，因爲是摺紙作畫，難度頗高，因此佈局的挑戰極強，每一條筆線錯落有致，沒有一絲一毫的混亂，畫中的一個女子美貌若仙，一隻手捋著額前的亂髮，嘴角含笑，眼眸清澈可人，婀娜多姿的身子倚著門框，雖是體姿妖嬈，卻不落俗套，整個人兒端莊無比，彷彿是在看遠處的風景，又好像在想著少女心事，一顰一笑之間，渾身上下不自覺地流露出貴氣。

這畫或許比不上歷代的成名作品，可是在嬪妃、命婦跟前，卻足以讓她們生出驚嘆之色，想不到這蔡行年紀輕輕，竟已有如此的造詣。

太后大喜，指著畫道：「哀家不懂畫，卻也知道蔡行的畫看得讓人心情舒暢，來，將這畫拿去給安寧看看。」

命婦取了畫，折身到了後室，看安寧公主正呆呆地想著心事，那一泓秋水的眼眸兒閃耀著，如漆黑夜空中的星辰，讓人看了，忍不住心生憐惜。

命婦喜滋滋地將畫展開給安寧公主看，道：「殿下，你來看看蔡公子作的畫，真是好極了，一點兒也不比宮廷裏的幾個畫師差。」

安寧只是略略掃了畫一眼，眼眸便收了回去，呢喃道：「他畫的人一點也不像我。」

命婦見安寧不感興趣，便道：「蔡公子又沒有見過殿下，自然畫得不像，可是這畫兒還是作得很好的。」

安寧咬著唇，臉上抹過一絲嫣紅，低咳一聲，道：「沈傲作的一定比他好。」

命婦討了個沒趣，只好收了畫，回到太后那裏去覆命了。

蔡行見眾人都誇獎自己，心中大喜，臉上還是露出謙遜的模樣，束手垂立一邊；嬪妃們看他不驕不躁的樣子，更是覺得這個蔡公子出眾。

反觀沈傲，頗有些姥姥不疼、舅舅不愛的尷尬，不過他一心去作畫，早已將身邊的事物悉數排除在外，眼中只剩下手中的那枝筆，還有筆下的畫紙。

足足又過了半個時辰，沈傲才拋下筆，道：「畫完了。」

又有太監將沈傲的畫呈到太后跟前，嬪妃們又來看，沈傲採取的辦法與蔡行一樣，都是將畫紙對角折起來，如此一來，兩尺三寸就成了兩尺五寸。眾人認真去看畫，上下端詳一番，便有個嬪妃當先忍不住地驚叫起來：

「好畫！」

其餘嬪妃紛紛點頭贊同，一時之間，更加認真去欣賞了。這一幅仕女圖，畫面削盡繁冗，沒有任何暈染，僅以簡約明瞭的圓熟線條勾畫出一個女子。

畫中的女子挽著髮髻，雙眉修長如畫，雙眸閃爍如星，凝向遠方；小小的鼻梁下有張櫻桃小嘴，嘴唇薄薄的，嘴角微向上彎，帶著點兒笑意。

整個面龐細緻清麗，如此脫俗，簡直不帶一絲一毫人間煙火味。她穿著件白底綃花的衫子，白色百褶裙；坐在那兒，端莊高貴、文靜優雅，那麼純純的，嫩嫩的，像一朵含苞的出水芙蓉，纖塵不染。只這一看，就已看出這畫非同凡響了。

第一四七章
欺君之罪

蔡行亦帶著歡喜道：

「欺君之罪，只這一條，沈傲就死定了，爺爺這一手高明，讓沈傲成了駙馬的首選，陛下左右為難，騎虎難下，定然龍顏大怒，只要治他欺君，就是誰也救不了他。」

這畫中的女子卻並不只是展露出一種俏皮端莊，細看之下，只見女子雖然含笑，雖然帶著讓人生畏的端莊，可是眼眸的深處，竟有一種凝望虛空的寂寞之感，她雖帶著笑，可是笑容有些勉強，勉強的背後，是抑鬱寡歡的惆悵。

深處禁宮，一個美麗的女孩大方得體，身體孱弱，珠光寶氣之下，女孩帶著淒婉的笑容，眼眸幽深，望著遠方，她目視的方向會是什麼呢？沈傲沒有畫出來，卻足以引起眾人無數的遐想。

只是畫中女子的那種強顏歡笑，那種快樂外表下的寂寞焦灼，將所有的嬪妃深深打動了，她們不發一言，各自懷著心事，忍不住唏噓了一番，竟有幾個嬪妃雙目含淚，強忍著淚水沒有奪眶而出。

畫中的女子可以是安寧公主，又何嘗不是她們？這種孤獨的感受，又有誰比她們更加懂得？皇帝只有一個，而嬪妃卻如雲如海，大多數時候，她們只是在後宮獨守著孤燈，眼淚雖化作了千行，可是在外人面前，她們卻又要強忍著孤寂，強顏歡笑。

太后見許多嬪妃紛紛垂淚，便嘆了口氣，道：「你們哭個什麼，都收起淚來，都成什麼體統了。」雖然心裏隱隱期盼蔡行壓過沈傲，可是連太后也不得不承認，沈傲的畫比之蔡行實在是一個天上，一個地下。她只好道：「去，將畫兒給安寧看看。」

命婦拿著畫到了後室，安寧見她拿了沈傲的畫來，這一次不再無動於衷，滿是哀愁的臉上多了幾分笑意，隨即認真地去看畫。

這一看便是足足半炷香的時間，讓那命婦的手都拿得酸了，安寧才突然抬起眸來，眼眸如星一般閃耀，朝命婦溫爾一笑：「這幅畫畫的才是我，這個世上，只有一個人真正懂得我的感受。」

文景閣裏，趙佶焦灼不安的負著手來回踱步，時間已經過去了一個時辰，後庭那邊還沒有動靜，趙佶幾次想叫楊戩去後庭看看，可是轉念一想，還是等等再說。

招親的事進展到現在，趙佶已知道不能回頭了，身爲天子，趙佶也不好干涉，只好將此事全部託付給蔡京和太后，讓他們挑選出一個出眾的駙馬來。這幾日他雖是故作漠不關心，可是到了這個時刻，安寧的終身大事就要揭曉，他如何坐得住？

嘆了口氣，又重新落座，心不在焉的捋著長鬚，忍不住對楊戩道：「現在已是什麼時辰了？」

「陛下，現在是巳時一刻。」

趙佶沉吟著道：「爲何還沒有動靜？」

楊戩道：「要不奴才去問一問？」

趙佶搖頭：「還是讓太后做主吧，再等一等。」

正在他坐臥不安的時候，外頭一個太監道：「陛下，景泰殿值守太監王應求見。」

趙佶立即道：「宣他進來。」

過了片刻，一個老太監碎步進來，納頭便拜。趙佶揮揮手：「起來說話，朕問你，結果已經揭曉了嗎？」

王應畏懼的看了趙佶一眼，連忙垂下頭去，低聲下氣的道：

「陛下，結果已經有了分曉，這一次決賽的是兩個公子，一個叫沈傲，一個叫蔡行。」

趙佶楞然，驚訝的道：「沈傲？爲何朕沒有聽到風聲，他也報名了？」

楊戩眼眸閃過一絲異色，隨即臉色蒼白，似有所悟。

王應道：「是，沈寺卿非但參了賽，在太后面前比試時，還一舉擊敗了蔡公子，後來太后問安寧帝姬的心思，安寧帝姬點了頭。」

趙佶臉色大變，拍案而起：「他是有妻室的人，莫非是要朕將安寧許配給他做妾嗎？真是豈有此理！安寧爲何不搖頭？對了……」

他站起來，在閣裏團團打轉，突然又抬眸問楊戩：

「蔡京蔡太師爲何沒有稟奏？既是招親，莫非連有家室的人也可以入選嗎？他是怎樣辦事的。平時他辦事一向細心得很，今日竟是如此疏忽，哼！」

楊戩心裏想：「蔡太師哪裡是疏忽，他這是故意要讓沈傲來奪這個魁，哎，虧得沈傲這小子還不知天高地厚的跳進坑裏去，今次咱家是幫不了你了。」心裏嘆了口氣，見趙佶臉色鐵青，嚇了一跳，結結巴巴的道：「蔡太師老邁，偶爾疏忽也不一定。」

「哼！」趙佶厲聲道：「還有那個沈傲，招親的主意是他出的，他卻又去遴選，這是什麼？這是欺君！安寧絕不能下嫁他，若是傳出去，堂堂帝姬，竟是要嫁給一個有家室的人，皇家的臉面往哪裡擱？他先誑朕招親，隨後又……」

他眼眸頓時一亮，閃了一下：「朕明白了，安寧日思夜想的原來就是他，氣死朕了，安寧爲誰神魂顛倒不好，竟和這個愣頭青攪在了一起，他們這是合起夥來欺矇朕！」

他咬了咬牙，已是勃然大怒，沈傲自不必說，欺負到了他的頭上，連他都想騙。憤怒之餘，又想到安寧，覺得安寧太不爭氣。此時惱羞成怒，又不知該如何收場，只好負著手，圍著閣樓團團轉。

楊戩嚇得大氣都不敢出，這麼多年來，他還沒有見過官家發這麼大的火，卻又不知該從何勸起。

趙佶慢慢地冷靜下來，眼眸中閃過一絲冷酷之色，臉色平靜的道：「將大理寺卿姜敏叫來，快！」

楊戩嚇得慌忙跪下，道：「陛下……沈傲雖是有罪，陛下下旨申飭也就是了，何必要驚動大理寺……」

趙佶冷然道：「早就知道他是個楞子，想不到竟欺負到朕的頭上，今日不讓他吃吃苦頭，再過幾日他就要上房揭瓦了！去宣人吧，算了，朕也不想見他，就叫姜敏立即帶人拿捕沈傲下獄治罪，不得有誤，快去！」

楊戩聽趙佶的口氣，一時也分辨不出官家到底是要嚇唬沈傲還是動真格的，可是官家現在正在氣頭上，也不敢違逆，立即道：「奴才這就去。」一小跑著走了。

趙佶氣呼呼的坐在御案後，對一旁嚇得魂不附體的王應道：「宣安寧來，要快！」

王應哪裡敢說個不字，連滾帶爬的去了。

後庭裏的「殿試」已經完畢，沈傲、蔡行也都出了宮，因此過不了多久，安寧就來了，只是叫趙佶驚訝的是，連太后也尾隨過來，他原本還想擺幾分架子，見到了太后，立即站起來，小心翼翼的過去扶住生母，道：

「母后怎的也來了，哎，孩兒無狀，受了人的欺騙，教母后擔心了。」

太后嘆了口氣：「現在該如何收場？」

趙佶目光落在安寧身上，原以為安寧一定怕極了，可是此時見她，仍是那副楚楚可憐的模樣，眉宇之間，有一種淡然。

「安寧……你……」趙佶原本還想叱責一句，話到了嘴邊，眼眸又忍不住慈和起來，不忍去說重話。

安寧撲通跪倒道：「父皇，這一切都是我的錯，是我逼沈傲參加遴選的，父皇要責罰，就責罰安寧吧，不關沈傲的事。」

安寧沒有害怕，沒有去回避趙佶的目光，只是抬起清澈的眸子，與趙佶對視。她不知從哪裡來的勇氣，只知道沈傲冒著天大的干係參加了遴選，就已是對自己表白了心跡。此刻，她的心中只是在想：「他能如此，難道我能怯弱嗎？要罰，就讓父皇罰我好了。」

「胡鬧！」趙佶臉色鐵青，氣呼呼的想要說什麼，一旁的太后道：「官家息怒，這件事還需從長計議。」

「不用計議了，這次招親不算數，朕寧願失信天下，也絕不能讓安寧嫁給一個有家室的人。」趙佶淡漠道。

其實還有一個理由他沒有說，一直以來，他當沈傲是自己的朋友，與自己平輩論，現在這個傢伙竟是打上了安寧的主意，非但讓他有一種背叛之感，更覺得在倫理輩分上不能接受。

安寧身軀微微顫抖，落下兩行清淚，卻倔強的不哭出聲來，只是看著趙佶，咬唇不語。

趙佶不敢去看安寧，向太后道：「朕已叫大理寺捉拿沈傲，這件事，以後誰也不許再提，母后，你扶安寧去歇了吧。」

太后嘆了口氣，想說什麼，卻只是搖搖頭，扶起安寧道：「傻孩子，你生在天家，有些事並不是都能如你意的。」

安寧淚眼模糊，終是低泣出來，淚水沾了太后一身。

午時，蔡府。

聽濤閣裏，蔡京坐在楠木椅上，背靠著軟枕，望著躬身在旁回話的蔡行，一張滿是皺褶、暗斑的臉上，永遠都保持著那種巍然不動的表情。

在丫鬟的伺候下喝了口茶，這位年屆七十、手掌天下權柄的太師喝了口茶，已經累得有些氣喘吁吁，張口道：「沈傲贏了便好，許多時候，退一步未必是敗，行兒，你記住我的話。」

蔡行乖巧的道：「孩兒謹遵祖父教誨。」

蔡京闔上眼，頭倚在軟枕上，慢吞吞的道：「沈傲這個人終究是尾大不掉的，我死之後，你們這些人誰都制不住他，早晚有一日，你們統統要死在他的手裏。」

他睜開眼來，目光落在兩側恭謹側坐的幾個官員身上，渾濁的眼眸中閃耀出與年齡不相稱的光澤，加大了音量：「不能留了，這是一次機會，只要把握住，才能後顧無憂。」

下首側坐的王黼道：「太師說得沒錯，此人不容小覷，上有聖眷，下有楊戩、衛郡公、祈國公等人倚靠，大理寺、國子監、殿前司為他搖旗吶喊，又手掌鴻臚寺，早晚有一日要釀成大患，今次借著這個機會，定要他永不翻身。這一次若不是他與帝姬有私情，太師又故意先瞞了宮中，任他出這個風頭，只怕還未必能尋找出他的破綻。」

蔡京搖搖頭：「你們也不必信心滿滿，現在還不是彈冠相慶的時候，先等消息來，再下定論吧。」他長吐了口氣，艱難的換了個坐姿，繼續道：「怕只怕陛下對他還有妄念，錯失了良機，可惜，可惜啊，若是梁公公還在官家跟前，今日老夫就有十成的把握讓他永不翻身，只是這個楊戩，哼，你別看他左右逢源，他是鐵了心和沈傲勾勾搭搭的……」

他話說到一半，就聽到外頭有急促腳步聲傳來，一聲驚喜的聲音道：

「太師，太師，消息來了……」

有人進了聽濤閣，來人是刑部尚書王之臣，王之臣長得很是端正，膚色白淨，濃眉

方口，又有一把漂亮的鬍鬚，此刻，他白皙的臉上脹紅了一些，剛剛過了門檻，激動的道：「大理寺接了旨意，立即拿捕沈傲，不得有誤。寺卿姜敏已經帶了判官、小吏，截住了姓沈的，當即請去了大理寺看押，現在就等官家裁處了。」

他話音剛落，廳堂中許多官員頓時大喜，尤其是王黼，狠狠的一拍大腿，又驚又喜的道：「好，失了聖眷，沈傲必死！」

蔡京張開眸來，對王之臣道：「你慢慢說，陛下的旨意到底是什麼？」

王之臣喘了幾口氣，臉帶喜色地道：「旨意十分明確，拿捕沈傲，擇日會審。至於其他的，尚且沒有說什麼，大理寺那邊得了旨意，倒是沒有去鎖拿，只是叫人請了沈傲去，還沒有開審。」

蔡行亦帶著歡喜道：「欺君之罪，只這一條，沈傲就死定了，爺爺這一手高明，讓沈傲成了駙馬的首選，陛下左右爲難，騎虎難下，定然龍顏大怒，只要治他欺君，就是誰也救不了他。」

王之臣道：「少公子說得不錯，欺君大罪，萬死莫贖，可惜此人被看押在大理寺，若是在刑部，這事兒就更好辦了。」

王黼興奮地道：「只要挨到了會審，大理寺也保不住他，又怕個什麼。」

眾人議論了一番，大是興奮，在座的，哪個都沒有少吃沈傲的虧，早已將沈傲視作眼中釘、肉中刺，今次沈傲翻了船，自是一件讓他們彈冠相慶之事。

只有蔡京一臉的無波無浪，嘆了口氣道：「諸位莫要高興得太早，欺君之罪治不了他。」

眾人愕然，王黼當先問道：「太師，這又是爲何？」

蔡京慢吞吞地道：「就算是欺君，官家也不會說出來，難道要說受了沈傲的矇騙，給帝姬招親？這件事知道的人越少越好，大聲嚷嚷出來，只會讓人看天家的笑話；所以，會審時斷不能提欺君。」

王黼一想，頓時明白了，皇帝要面子，沈傲若是欺君，不正是說官家識人不明？這是宮裏最忌諱的事，開審時斷不能說的。他不由地為難起來，捋著鬚髯道：「如此說來，單欺君還治不了他，太師放心，這件事交給我去辦，要論罪，還怕尋不到嗎？」

蔡京搖頭，苦笑道：「罪名其實都是小節，最重要的還是官家的態度，官家將他下獄，到底是要他記住教訓，還是真的對他徹底絕望，若是前者，莫說是羅織罪名，就是真論起他欺君之罪，誰又動得了他？」

眾人默然，這才知道原來現在還不是慶祝的時候，真正的角逐才剛剛開始。

一個官員道：「這又如何？只要我們捕風捉影，立即趁著這個時機上疏彈劾，就算陛下暫時沒有殺沈傲的心思，只怕也會動搖，太師放心，這件事交給下官來辦。」

說話之人乃是御史中丞周勘，此人雖是相貌平平，卻也不是讓人小覷的人物，在蔡京的門下，他一直充當馬前卒的角色。一旦要向某人動手，周勘往往第一個站出來，隨即聯絡御史彈劾，這一招可謂屢試不爽，羅織罪名，是周勘最在行的事。

蔡京搖頭道：「還是以靜待變吧，沒有摸透陛下的心思之前，任何舉動都可能會打草驚蛇。」

王黼朗聲道：「太師，到了這個時候，切不可再猶豫了，這是一次絕佳的時機，若是錯過，悔之晚矣！」

有了王黼打頭，王之臣、蔡行等人紛紛出言相勸，他們都是恨透了沈傲的，此刻生怕讓沈傲逃過此劫，哪裡還有耐心以靜待變？

蔡京被他們七嘴八舌吵得有些疲倦，揮揮手道：「你們自己拿主意，這件事只怕沒有這麼簡單。」說著由身邊的小婢扶著，危顫顫地起身離座，拋了一句：「福禍相依，你們不吃些苦頭，是不會明白這個道理的。」

衛郡公府，文殊閣。

沈傲的消息傳出來，三三兩兩的公侯、大臣便不約而同地來了，太師復位，沈傲被拿，這兩件事聯繫起來，足夠讓在座之人心驚膽寒。

沈傲倒了，下一個是誰？身爲舊黨的中堅人物，衛郡公石英端坐在椅上，陷入了深思。

新黨、舊黨，對於蔡京來說，或許只是打擊政敵的工具，哪一樣順手，他就用哪一樣。可是對於石英，卻是不同，新舊之爭，干係著他的切身利益，王安石的那一套，操起刀來割的可是王侯們的肉。更何況，蔡京當政，舊黨全面彈壓，不與他同流合汙的就是舊黨，石英等人已經被逼到退無可退的地步。

只是石英深知，蔡京當政，憑的全是官家的心意，有了聖眷，翻雲覆雨，不可一世。只憑著這一點，一個進士，便總攬三省，經久不衰。這樣的對手很可怕，他的可怕之處，就在於能夠數十年如一日，把握住官家的心理。單這一份本事，天下之間就再尋不到第二個來。

如今來了個沈傲，這沈傲行事無常，卻總是智計百出，蔡京門下幾條走狗，哪一個都曾吃過他的虧，如今沈傲已經爲三品寺卿，受封侯爵，假以時日，必然是蔡京最大的對手。

舊黨勢微，沈傲便是一注新血，讓石英看到了曙光，可是這曙光還未展露多久，便悄無聲息地消失了。

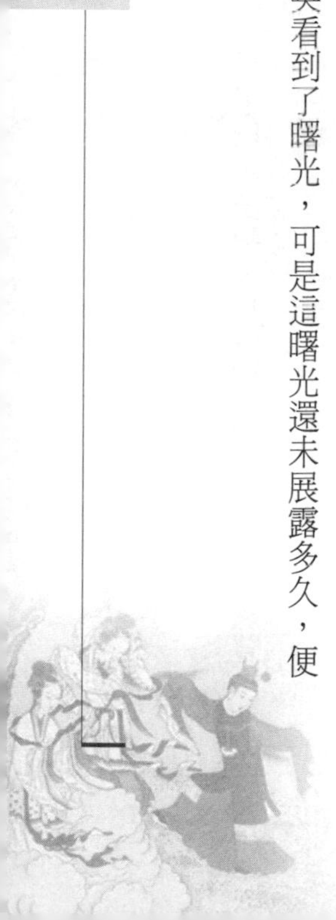

「人，一定要救！」石英先是下了定論，看了周正一眼，沈傲是周正的女婿，算是舊黨的核心，不能不救。

只是，該怎麼救？卻是無從下手。

眾人沉默，一時也想不出好辦法來，參知政事鮑超見周正臉色蒼白，拍拍他的肩道：「令婿吉人天相，公爺不必擔心。」

周正嘆了口氣道：「我在想一件事，沈傲爲人看似莽撞，可是從不做沒有把握的事，今次卻突然闖下這彌天大禍，不知到底是什麼緣故。來之前，若兒曾來尋了我，說是已經聽到了風聲，可是在昨夜，沈傲曾對她說過，叫她遇了事不要驚慌，要她們以靜待變，到時必能安然無恙。」

周正思索道：「莫非沈傲早就料到了今日？那他是否已經有了自己的安排？」

石英搖搖頭道：「這是欺君大罪，豈能說安排就能安排的？哎，先去打聽消息吧，有了消息，才可計議。」

過不多時，便有匆匆的腳步聲跨檻進來，來人是大理寺卿姜敏。

姜敏神色匆匆地進來坐下，喝了口茶，倚著几案道：「沈傲我已經見過了，他有件事要我們替他去辦。」

眾人抖擻精神，周正道：「姜大人快說。」

姜敏從袖中抽出幾本帳簿出來，攤在几案上道：「這幾本帳冊，立即傳播出去。」

帳冊？什麼帳冊？眾人一時面面相覷，周正搶先撿了一本帳冊出來，隨手翻閱一二，隨即木然，這帳冊上記述的是無數密密麻麻的小字，如番商多哥獻上象牙牙雕一副，金佛一尊……

將帳冊封上，周正擰著眉：「這是沈傲做的帳？」

姜敏頷首點頭。

周正臉色更差：「這樣的帳冊若是傳出去，便又坐實了一樁罪名。他這是要做什麼？」

都見世上的貪官藏著掖著自己的罪證不敢聲張的，今日倒是讓人開了眼界，沈傲竟把自己的帳冊都拿了出來，求大家去幫他宣傳，不宣傳他還不高興，這記下的一筆筆帳，每一樣都是沈傲的罪狀，一日交出去，後果不堪設想。

周正道：「他還要胡鬧？真的怕死得不夠快嗎？快把這帳冊收起來，休要向人提起。」

姜敏猶豫了一下，道：「沈傲說了，這一次要想救他，只有這個辦法，將帳冊傳出去，他自有應對的方法。周國公，依我看，沈傲平時智計百出，或許這還真是死中求活的辦法也不一定。」

周正一時也拿不定主意，看了石英一眼。石英想了想道：「既然現在大家都束手無策，就按沈傲的辦法來試試看吧。姜大人，沈傲還說了什麼？」

姜敏道：「除此之外，他還說，上一次毆打泥婆羅王子，是他有意爲之，這件事他一直引以爲傲，還說他是鴻臚寺寺卿，往後那泥婆羅王子再來，還要揍他一頓。」

眾人聽了，都是苦笑不已。待罪之身，本該惶惶不可終日才是，這個傢伙，竟還待出癮來了，生怕別人找不到他的罪狀。那泥婆羅王子雖然倨傲，卻是遠道而來的客人，沈傲棒打他的事，早已爲人詬病了很久，他卻還說出這種話來，這件事原本官家不予理會，可是現在再提，又爲他平添了一條罪狀。

姜敏道：「除此之外，他還說，遼國皇子還曾拜謁過他，摔碎了一件東西，他開口要了人家八萬貫，這還不算，往後遼人又送了些禮物去，都是價值千金的寶貝。」

石英苦笑：「他這是生恐自己的罪不夠多啊。」

姜敏原本心情沉重，一時忍不住莞爾，道：「當時我也是這樣和他說的，誰知他卻說債多不愁，只是一心求我將此事傳出去。」

眾人無言以對，坊間早就說這個沈才子學識、文采都是極好，偏偏性子有點兒衝動，平時他們倒也看不出來，只是覺得這傢伙太愛胡鬧，可是今日聽了姜敏這番話，倒是都有一個想法：這個沈傲，還真是個二楞子，楞得沒邊了。

春節臨近，汴京仍籠罩在冬日之中，早晨起來，冬霧瀰漫，霧散之後，立即出現一幅奇景，那青松的針葉上，凝著厚厚的白霜，像是一樹樹潔白的秋，那落葉喬木的枝條上裹著雪，宛如一株株白玉雕的樹，垂柳銀絲飄蕩，灌木叢都成了潔白的珊瑚叢，千姿百態，撲朔迷離，積雪落在連綿的犀脊上，蒼茫一片，將宮中的琉璃瓦蓋了個嚴嚴實實。

沈大才子被欽命拿辦，現軟禁於大理寺，這件事早已傳開，汴京城中，又多了幾許談資，有仰慕沈傲才華的，極力爲他辯護；也有心中嫉恨的，不可避免落井下石、冷嘲熱諷。

大清早的，宮裏頭很是平靜，平靜得有些不像話，早朝下來，趙佶回到文景閣，這兩日他睡得少，眼袋很大，一夜之間，彷彿蒼老了不少；文景閣裏溫暖如春，他倚在小几子上，心不在焉地想著心事。

過了一會兒，楊戩指揮著兩個小太監進來，趙佶抬眸，板著臉道：「怎麼了？」

楊戩道：「是中書省那邊送來的奏疏，足足有七十餘本，請陛下過目。」

趙佶厭惡地揮揮手：「朕不看，拿走！」

楊戩左右爲難，正要指揮著小太監將奏疏帶走，趙佶突然道：「今天是什麼日子，

怎麼送來了這麼多奏疏？」

楊戩垂立道：「奴才也不知道，陛下一看便知。」

趙佶臉色鐵青，終究還是生出了好奇之心，在往日，遞入宮中的奏疏有個七八本，就已是不少，今日卻不知是怎麼了？

趙佶抬了抬手，道：「拿上來給朕看看。」

小太監將奏疏搬上御案，趙佶隨便撿了一份來看：

「臣聞忠無不報，信不見疑，臣常以爲然，徒虛語耳！昔者荆軻慕燕丹之義……今有沈傲，貪贓不法，欺上瞞下，更無懷罪之心，尚洋洋自得……臣願陛下留意幸察。御史桐潤從伏訖拜上。」

趙佶看了奏疏，才知道這一封乃是彈劾文疏，彈劾的對象是沈傲，說他貪贓不法，任職期間向番商索要財物，罪無可恕。

更有趣的是，這個叫桐潤從的御史文章做得極好，先是一陣引經據典，隨即又是一陣痛罵，暢快淋漓。

第一四八章 三堂會審

這一趟宗室的王爺都來了，就是三皇子也趕了來，

歷年以來，會審的犯官不計其數，可是能引起這般大動靜的，唯有沈傲獨一份，

不但坊間熱議，整個汴京官場，王公都牽涉進來，頗有些打擂臺的架勢。

看完這份奏疏，趙佶心裏生出痛快之感，口裏道：「罵得好！哼，原來沈傲還貪贓，真是豈有此理，若不是這桐御史，朕現在還被蒙在鼓裏。」

隨即又撿起幾份奏疏，內容都是千篇一律，這個說沈傲娶了四個老婆，自稱是聖人門第，卻無視禮法，實在罪不可恕，請陛下懲處；還有一個說的是泥婆羅王子的事，說沈傲驕縱不法，毆打異國使臣，使大宋爲之蒙羞。

這些還是查有實據的，有幾篇更是讓趙佶無語，說什麼坊間流傳沈傲在家裏疼老婆，甚至還親自下廚做糕點，所謂君子遠庖廚，這個傢伙實在太可惡了，竟然敢下廚，簡直是罪無可赦，無恥之尤，壞到了極點，於是又是一陣引經據典，說古代某某大奸臣也是這副德行，由此推斷，這個沈傲就是個心懷叵測的奸賊，人人得而誅之。

到了後來，就更不像話了，趙佶撿起一份奏疏看完，不由地哭笑不得，裏頭是這樣說的，沈傲這個人，太壞了，爲什麼壞呢？因爲臣聽說他去鴻臚寺值堂的時候，居然騎馬而不坐轎，我大宋崇文抑武，沈傲這樣做，到底有什麼居心？臣還聽說，沈傲和殿前司聯繫密切，那麼臣可以推斷，這個沈傲已經無可救藥。最後落筆的時候，這個寫奏疏的奇人竟還不忘加一句：沈傲此人，居心叵測，不能用常理來定奪，結交武夫，然有謀逆事焉？

所謂捕風捉影，還真是叫人看得瞠目結舌，一開始，奏疏裏群情激奮地對沈傲破口大罵，趙佶覺得是爲自己出了一口惡氣，後來千篇一律都是如此，也忍不住生厭了，將奏疏一推，突然發現，原先自己將沈傲恨得牙癢癢的，經這些人一罵，反倒消了氣，覺得沈傲雖然可惡，卻也有幾分可憐，好端端的被人潑了一桶髒水，千人踩萬人唾的，轉眼之間，就成了個十惡不赦之徒。

只是讓趙佶爲沈傲辯解一句，趙佶卻是不肯，換作從前，他早已容顏大怒，下一道中旨去申飭這些捕風捉影沒事找事的傢伙了，可是現在他的氣雖已消了，面子卻擱不下來。

趙佶沉默了片刻，突然對楊戩道：「楊戩，朕問你，沈傲真是個十惡不赦之徒嗎？」

楊戩不知官家如此問到底有什麼用意，腦中電光一閃，突然察覺到這是一個機會，連忙道：「若是有人想叫沈傲十惡不赦，沈傲就是十惡不赦。」

這個回答有點兒隱晦，趙佶眼眸一閃，幽深的眸子深沉起來：「這個人是誰？」

楊戩立即道：「奴才不敢說。」

楊戩越是不敢說，趙佶反而更加仔細咀嚼著這句話，徐徐道：「去，將彈劾奏疏之人的名字都記下來，立即報知給朕。」

楊戩應命，立即叫來了幾個書筆太監，讓他們將奏疏進行清理、記錄，只過了一炷

香，便將名單奉上，趙佶接過名單，嘆了口氣：

「楊戩，你說得對，是有人想叫他十惡不赦，哼，沈傲也是活該，他若是不胡鬧，又豈會有今日？這些奏疏全部留中吧，不要理會。至於會審的事，你去請教蔡太師的意見，問問他想如何個審法，告訴他，定不了罪，就讓他官復原職，若是能定下罪來，朕嚴懲不貸！」

楊戩立即道：「奴才這就去傳旨。」

「回來，將這些彈劾的奏疏也送到太師那裏去，看看他怎麼說。」

楊戩去傳了旨，蔡京立即將王黼、王之臣等人叫來，臉色鐵青地看了他們一眼，嘆了口氣，道：「你們誤了大事了！」

王黼、王之臣面面相覷，一時摸不著頭腦，道：「請太師明示。」

蔡京嘆了口氣，從袖子裏掏出幾份奏疏，摔落地上，道：「你們自己看吧。」

二人撿起奏疏，奏疏中的內容雖有些荒誕不經，卻也沒有什麼，風聞奏事，本就是御史們拿手的絕活，這又算的什麼，能誤得了什麼大事？

蔡京嘆道：「知道爲何陛下將奏疏送到我這裏來嗎？你們……真是蠢不可及，彈劾之要，在精不在多，雪片般的飛入宮中就能置人死地？哼，對付別人還好，可是要對付沈傲，就差得遠了。」

王黼躬身聽著蔡京的訓斥，心裏卻覺得不以爲然，心裏想：羅織罪狀不正是你最在行的，今日反倒怪起我們了。

蔡京坐下，喘了幾口粗氣，道：「陛下問過老夫會審的事，還說了，若是罪名查有實據，可立即法辦，若是尋不出證據，必須放人，還要讓他官復原職。」

王之臣是刑名出身，頗有些心得，道：「這個好辦，既然不能問欺君之罪，那就從貪贓入手，抓其一點，再搜尋出證據，不怕沈傲能翻案。」他舔了舔嘴，自信滿滿地道：「沈傲貪贓的事，我已經叫人搜了證據出來，還派人尋了幾個番商做人證，只要當堂對質，任他有三寸不爛之舌，也只有乖乖認罪伏法的份兒。」

王黼振奮精神：「王大人說得不錯，有了證物，就能逼出供詞。」

蔡京頹唐地只是搖頭，自始至終，他有一種本能的直覺，直覺就是沈傲並不簡單，因爲從一開始，沈傲那裏都太平靜了，衛郡公那邊一點風聲也沒有。

這是爲什麼？

蔡京一時還沒有想出來，原本按他的謹慎，在沒有想明白之前，是絕不會輕易動手的，偏偏黨羽們一個個激憤異常，恨不得一腳將沈傲徹底踩死，就如那風雨之下的浪尖，蔡京被後浪推著，不得不急切下手。

等到楊戩前來傳旨，蔡京更加感覺到不對勁，只是到了這個時候……蔡京瞥了躍躍欲試的王黼、王之臣一眼，嘆了口氣，道：「你們好自爲之吧。」

沈傲長胖了，若是有人知道這傢伙被軟禁在大理寺居然還長了幾斤肉，非要忍不住上前踹他幾腳不可。

其實他也是不想的，待在這屋子裏，哪裡也去不了，只能躺著，吃了睡，睡了吃，無憂無慮，想不胖都難。

門前的幾個小吏作爲看守，真恨不得找個地縫鑽進去，別的犯官被請進來，都是惶惶不可終日，一有風吹草動就嚇得瑟瑟發抖，偶爾有幾個膽大的，也是食不甘味，輾轉難眠；偏偏遇到沈傲這個傢伙，睡了就吃，吃了就睡，一日三餐供應著，他將盤子一掃而光，到了夜裏，還吵著要吃糕點。

不給面子，實在太不給面子了，這人要是走了出去，不知道的人還以爲大理寺是鴻臚寺，放下水火棍、枷鎖改作迎賓了呢，這讓人情何以堪，還讓大理寺上下往後再怎麼創新高，爭取更大的進步？

心裏雖有怨言，不過這位沈老爺，他們卻是半分不敢怠慢，寺卿已經吩咐過，要好好照顧，寺正和幾個推官也都來打了招呼，所以還得小心伺候著，不能怠慢。

等關押了四天，負責看守的幾個小吏都鬆了口氣，今日便是會審的日子，趕快將這瘟神送走，再待下去，莫說他們受不了，這大理寺都要成客棧了，單單爲了給他供應糕點，就讓他們累得要趴下去。

這位老爺要吃糕點也就罷了，還指名要邃雅山房的，沒有辦法，只能給他去買，於是走了七八里路打了個來回，氣喘吁吁地將糕點送上，他吃了一口，還搖頭，搖頭也就罷了，居然還說：可惜，可惜，不是新鮮出爐的，沒意思。

這真是將自己當大爺了，看守氣得不行，再大的犯官他們也見識過，也沒幾個這般刁鑽的，真拿自己當大爺了。

看守們懷著激動的心情開了門鎖，進裏頭一看，沈傲正躺在榻上呼呼大睡，其中一個看守小心翼翼地過去搖醒他，笑嘻嘻地道：「沈大人，時候到了。」

沈傲睜眼，一屁股坐起，拍了拍腦袋，道：「什麼時候到了？」

「大人，今日要會審啊。」

沈傲呆呆地坐著，噢了一聲：「會審什麼時候開始？」

「巳時一刻。」

「現在又是什麼時辰？」

看守沒遇到過這樣囉嗦的人，人家要提你，你跟著我們去就是，哪裡來這麼多廢

話，這位大爺也是，聽了會審，竟是一點也不急，還有心情問東問西，耐著性子道：「現在是辰時一刻。」

「噢……」沈傲拉著長音表示明白，起身穿了衣衫，慢吞吞地道：「還有一個時辰，不急，不急，我還沒有吃早點，勞煩哪個兄台給我去邃雅山房買一籠桂花糕來……」

「……」看守們忍不住地瞪大了眼睛，真是活見鬼了，大爺，你是要去會審啊，再過一個時辰，就要給你定罪了，要嘛充軍發配，要嘛殺頭絞首，你還吃什麼糕點？

沈大爺收監的覺悟低，吃起早點來卻是一絲不苟，看守們大清早跑斷了腿，去邃雅山房買來桂花糕，沈傲不緊不慢地坐下，大叫一聲：「上茶！」

沒辦法，只好給他上茶，好在看守知道他的德性，一開始已經燒好了水，忙不迭地斟了茶來。

沈傲細嚼慢嚥地吃，過了好一會兒，才從容起身：「走，會審去。」

看守們算是怕了他，兩個在前引路，一個在後押著，先帶他到簽押房點了卯，才押上一輛馬車，一路往刑部大堂去。

到了刑部，沈傲從馬車裏鑽出來，才發現兩道上早早地來了不少人，都是來看熱鬧的，一見沈傲出來，呼啦啦地大叫起來：「人來了，來了……」

沈傲無語，哥來了，你激動個什麼？大清早跑到這裏來看熱鬧，真是沒事找事。

「表少爺，表少爺……」

沈傲往聲源看去，才發現劉勝、劉文朝他招手，他們的後頭是周夫人、唐夫人、蓁蓁、唐茉兒、周若。

沈傲沒有走過去，太引人注日了，心裏暗暗慚愧，人家這麼擔心，虧得自己居然還長胖了，罪過，罪過，同時心裏爲自已辯解，這也沒辦法，大理寺的差役們太熱情，一口一個大人有什麼吩咐，不叫他們找點事，尋點吃的來，豈不是打擊了他們的好意？

待進了刑部正堂，人流隨著沈傲往衙前湧來，立即有一隊禁軍明火持杖，將人攔在衙外，眾人一起叫道：「不是說會審嗎，爲何不能旁聽？」

禁軍嘿嘿大叫：「這事要問就去問宮裏去，任何人不得闖入，誰進一步，立即拿去三衙治罪。」

去三衙，那可是比大理寺還可怕的地方，進去了先打一頓殺威棒，再發落回京兆府候審，這一番來回折騰，不死也要脫層皮；眾人紛紛面露畏色，不由地後退了幾步。

過不多時，門口一頂頂轎子落下，眾人也有消息靈通的，這個說：「這位是刑部尚書王之臣王大人……」那個道：「少宰王大人也來了。」

接著是大理寺卿姜敏、衛郡公石英、祈國公周正、上高侯……

須臾之間，汴京城中的達官貴人紛紛來了，一個個面上看不出動靜，雲淡風輕地進去。

這般的陣仗，倒是讓人開了眼界，許多人紛紛猜測，下一個來的人會是誰，又是什麼身分，有了這一份期待，人群驅之不散，仍舊在道旁等著，接著一人落轎，有叫：

「晉王，晉王也來了……」

晉王穿著大紅蟒袍，神氣活現的步入刑部。有眼尖之人，恰好看到晉王還帶了個錦盒，又是引起一番議論，晉王帶的錦盒裏裝的是什麼？瞧他如寶貝似地捧著，莫非是什麼緊要的物證？

之後的人一個個無比顯赫，太師蔡京到了，不過，他的轎子是直接入內，連下轎給人看的機會都沒有；還有三皇子趙楷……汴京城裏數得上的大人物，竟都齊聚於此，讓人一見，紛紛感覺不虛此行。

沈傲被人押著過了幾道儀門，在長廊下候審，也不知道外頭的動靜，瞧這般的作派，只怕一時半會兒還不會提人，乾脆一屁股坐在廊下的長凳上，悠哉悠哉的看著天色，慢吞吞地道：「風和日麗，今兒的天氣蠻好。」

隨來的看守要哭了，心裏忍不住說：「大人，你正經一點好嗎？不知道的人還當我們隨你去踏青呢，我們可是大理寺差役啊，讓人看見多不好啊。」

看守們雖是萬般腹誹詛咒，卻不敢怠慢了他，紛紛笑嘻嘻地道：「是啊，天色不錯，不錯。」

沈傲又去看長廊邊的碑石、牌坊，悵然道：「這麼好的天氣，可惜要待在這個鬼地方，可惜，可惜。」

這一句就有當著和尚罵禿子的嫌疑了，刑部是鬼地方，那大理寺還能有個什麼好，罵了刑部，大理寺能脫得開身嗎？這不等於是說威風的大理寺差役是牛頭馬面，是游魂鬼卒嗎？幾個看守面面相覷，真是倒了大楣，遇到了這麼個傢伙，卻都不敢作聲。

沈傲又道：「不過嘛，在下幸得諸位看顧，這幾日過得還不錯，為了感激你們，不如我給你們題詩一首，表彰你們的功績。」

看守快受不了了，題詩？大人啊，您就饒了我們吧，大家混口飯吃而已，你何必要侮辱我們？明知我們不識字的。

沈傲驚訝地道：「你們不要我的詩？想來是看不起我了。」

看守直如那賣笑的青樓樂女，心在滴血，卻不得不強顏歡笑，一個個興高采烈地道：「要，要，沈大人的詩，我們自是最喜歡的。」

沈傲撇撇嘴道：「算了，不給你們作詩了，作了你們也不懂得欣賞。」

碰到這樣的人，看守的笑比哭都難看，就好像一個小朋友對另一個小朋友說，我家裏有根吃剩下的冰棒棍子，你要不要?另一個小朋友不要，於是被小朋友狠揍一頓，被打的小朋友強忍著淚水說：「要，要。」於是打人者笑嘻嘻地說：「算了，冰棒棍子都不給你。」

逗了一會兒看守，那一邊已有推官發了簽下來提人了，沈傲站定道：「諸位，我要過堂了，大家保重。」

過了堂，該充軍就充軍，該發配就發配，反正再和幾個看守都沒有了關係，看守們大喜，立即道：「大人保重。」

沈傲突然想起了什麼，從袖中抽出一遝錢引來，給看守們發鈔，一人一百貫分發下去，道：「幸得諸位照顧，這點錢，小小意思。」

只有這句話最是動聽，看守們見了錢，再多的不愉快都煙消雲散，這一下是真的笑了，紛紛道：「大人太客氣，太客氣了。」

沈傲揮揮手：「不客氣，不客氣，在下有的是錢，拿去花，說不定往後我再去大理寺，還要你們照顧呢。」

沈傲被押到了刑部大堂，左右看了看，發現來的人還真不少，除了幾個主副審官，分別是蔡京、王之臣、姜敏三人，其餘的王公大臣琳琅坐在堂下，或看著沈傲精神奕奕，有剜著他恨得牙癢癢的，還有幾個不知從哪裡拉來湊數的，捏著鬍鬚還在打盹，聽了動靜，才搖著腦袋張開眸來，精神一振，好戲開場了。

衛郡公石英和周正皆向沈傲投來目光，沈傲見了他們，只朝他們點點頭，意思是叫他們不必擔心。他的目光在人群中逡巡一會兒，最後落在晉王趙宗身上，趙宗看著他捋鬚竊笑，朝他眨眼。

沈傲心裏啐了一口，這傢伙跑來，準沒有好事。

接著有許多人站起來，紛紛有人道：「沈大人無恙。」沈傲抱拳回禮，雖是受審，可並沒有革員，大人二字，沈傲還當得起，何況刑不上大夫，未判罪之前，他還不至於是犯官的身分，因此這場面就有些熱鬧了，和沈傲相熟的，占了會審的一半，這麼多人突然站起來，一陣陣哄堂見禮，聲勢不絕。

王之臣、王黼幾個只是捋鬚冷笑，頗覺得有些不自在。恰在這個時候，蔡京也笑吟吟地道：「沈傲風采依舊，可喜可賀啊。」

沈傲朝他行禮，道：「蔡大人老當益壯，下官見過大人。」

蔡京呵呵笑著壓壓手：「不必客氣，待會兒就要開審了，老夫奉了欽命，若是有得罪你的地方，你不要見怪。」

沈傲笑了笑道：「下官不敢見怪。」

蔡京頷首點頭，危顫顫地坐下，正色道：「來，給沈大人看座。」

立即有人搬了小凳子來，請沈傲坐下。

衙中頓時安靜下來，到了這個時候，好戲算是正式開鑼了。不過到底會審的結果如何，卻是誰都沒有把握，這雖只是一個會審，在座之人都是心懷鬼胎，可是任誰都明白，這場會審，干係著整個朝局，作爲舊黨新晉幹將，沈傲一旦定罪，其後果不可預料。可若是鹹魚翻身，在座之人就不得不重審視這個傢伙了，據說此人犯的是欺君大罪，連這個都能脫身，那麼他的能力、在官家心中的地位可想而知！

況且，這一趟宗室的王爺都來了，就是三皇子也趕了來，雖然只是坐在人群中，並不顯山露水，可是這背後到底揭示著什麼，卻讓人更看不懂。

歷年以來，會審的犯官不計其數，可是能引起這般大動靜的，唯有沈傲獨一份，不但坊間熱議，整個汴京官場、王公都牽涉進來，頗有些打擂臺的架勢。

箭在弦上，不得不發，待眾人紛紛坐下，蔡京便一直保持著肅靜，合著眼，一副萬事都不關心的樣子。

蔡京的態度看在王之臣眼裏，王之臣已經會意，冷笑一聲，道：「堂下何人？」

「下官沈傲。」

「沈傲，你可知罪嗎？」

「願聞其詳。」

「哼，明明是你受審，卻還要問我，你若是從實招來，或許還有一線生機，若是抵死不認，待本官上了證人、證物，看你如何狡辯。」

沈傲雲淡風輕地坐在堂下，面露微笑：「王大人說什麼，下官怎麼聽不明白。」

王之臣舉起驚堂木一拍，怒道：「不明白？待會兒就會讓你明白！」

沈傲微微地笑道：「噢？大人莫非是要動刑？」

王之臣一時啞然，隨即道：「誰說要動刑，待會叫了證人來，看你如何狡辯。」

沈傲不由地笑得更開了，道：「不上刑就不怕，我最怕的就是大人上刑，大人不是說有證人嗎？證人在哪裡？叫來我看看。」

沈傲不以爲然的態度，讓王之臣有點兒摸不透，不知這傢伙是不是瘋了，官家已經有了旨意，且罪名坐實絕不姑息，只要抓住一點，沈傲必死無疑，至少也是充軍發配，虧得他還能如此鎮定自若。

莫非……

王之臣混跡官場多年，此刻已感覺出有些不對勁了，只是騎虎難下，審問還要繼續：「來，將番商帶來。」

在眾目睽睽之下，一個番商被押了進來。

這人深目高鼻，穿著漢衫，還戴著綸巾，看上去頗有幾分滑稽，身為商賈，雖是番人，規矩他卻是懂的，進了衙門，立即納頭便拜，用漢話高聲道：「見過諸位大人……」隨即抬起眸來，看了沈傲一眼，頗有些畏懼地吞吞口水，猶豫了片刻之後才道：「見過沈大人。」

王之臣得意洋洋地看了沈傲一眼，見沈傲朝番商微笑點頭，心裏冷哼了一聲，無聲地道：就看你還能笑到什麼時候。

又是拿起驚堂木一拍，王之臣大聲喝道：「堂下何人？」

「黑汗國商人喀什，漢名周處。」

「周處，你是番商，既然到了這裏，也不必害怕，有什麼事，儘管說出來，有本大人在，誰也動不了你分毫，你可明白嗎？」

周處連連點頭：「明白，明白，小的一定知無不言，言無不盡。」

王之臣看了沈傲一眼，道：「坐著的這位大人，你可認識嗎？」

「認識。」

「那麼本大人問你，他是誰？」

「回大人的話，他是鴻臚寺寺卿沈傲沈大人。」

王之臣頷首點頭：「如此說來，你還真認得他。沈大人，我問你，你可認識這番商嗎？」

沈傲撇撇嘴，道：「我認識的番商多了去了，又有幾個能記住？」

王之臣朝胥吏道：「記錄沈傲的原話，一句都不許漏了。」隨即才對沈傲道：「這麼說，沈大人並不認得他？」

沈傲道：「不認識。」

王之臣怒氣沖沖地對周處道：「周處，爲何沈大人不認得你，莫非是你要攀咬沈大人？」

周處嚇得面如土色，立即道：

「我當真認識沈大人，那一日他在偵堂，我前去稟見，一開始他說不見，送了禮物上去，他也不要，後來我經人打聽，又送了一千貫的錢鈔，他才肯見我一面，還說叫我在汴京城中遵紀守法，有什麼難處，他會照顧。此後小人又去見了他幾次，每次都帶足了禮物，有一副黃金面具，一匹西域健馬，還有珍珠瑪瑙若干，這些都是小人親手辦的，絕不會有錯。」

眾人譁然，想不到這案子竟如此順利，紛紛交頭接耳起來。

王之臣不由地大喜，他是刑名出身，經驗豐富，按照程序，只要有了人證，就可以取證畫押，隨後定罪了；不過要坐實沈傲的罪名，卻不是這麼輕易，罪證不翔實，極有可能落人口實。

王之臣打起精神，朝沈傲厲聲道：「沈大人，你還有何話可說？」

第一四九章
肥水不落外人田

他一口氣報出來，人數竟是越來越多，

王之臣聽到太皇太后、太后、陛下三個人時，臉色已經大變。

沈傲嘿嘿笑道：「其實番商的東西，都是別人的，

他們既然要送，我就沒有不接的道理，所謂肥水不流外人田嘛……」

沈傲淡然道：「無話可說。」

王之臣追問道：「那你認不認罪？」

「不認！」

王之臣冷笑道：「看來你是不見棺材不落淚了，哼！」

沈傲淡笑道：「他說認得我就認得我，說給了我錢財就給了我錢財，那我現在是不是可以說我還認得王大人，這總沒有錯吧？我認得王大人，還送了你一個美人，王大人認不認？」

「你，胡說八道！」

沈傲板著臉道：「我是胡說八道，他豈不也是胡說八道？王大人，你是刑部尚書，刑名律法不會不懂，叫來了一個番商，就想攀咬我，難道不覺得太荒誕了嗎？」

王之臣知道他的口舌厲害，不去理他，大喝道：「來，拿證物來。」

幾個胥吏立即端著一方錦盒呈上，放到王之臣的案頭，王之臣將錦盒揭開，隨即一本帳冊落在王之臣手裏：「這本帳冊，沈大人可有印象嗎？」

沈傲看了看：「沒印象！」

王之臣冷笑：「明明就是你的筆跡，這行書除了你，天下之間沒有第二個人能寫出來。」

沈傲不作聲了。

王之臣更是振奮不已，以爲沈傲已經服軟，揚著手中的帳冊朗聲道：「沈大人，要不要本大人念給你聽聽？」揭開帳冊第一頁，讀道：「龜孜商人安龍，送玉馬一副，金五百貫……」

這一通念下來，竟足足花了半個時辰，衆人聽得瞠目結舌，不少與沈傲有嫌隙的官員頓時大喜，有了鐵證，沈傲這一次算是再無翻身的可能了；想不到這個沈傲，才上任不足一月，就已是劣跡斑斑，還真是雁過拔毛，汴京城裏數得上名的幾個巨賈，在他的帳冊裏是一個也沒有落下。

王之臣念得口乾舌燥，將帳簿落下，朝沈傲耀武揚威地笑道：「沈大人還有話說嗎？」

沈傲沉默了片刻：「沒有。」

「那你認不認罪？」

「認！」

等的就是這句話，王之臣大喜過望，立即道：

「大膽沈傲，你身爲鴻臚寺寺卿，貪贓不法，其惡跡昭昭，以至天怒人怨，來人，剝了他的官服、翅帽，立即押入刑部大獄，待我與主審和諸位副審官員上疏陛下，請陛

下下旨懲處。」

心裏一塊大石總算落地，王之臣的心幾乎要跳到嗓子眼裏，原本他害怕途中會有什麼差錯，只是沒有想到，今日實在太順利了，順利得讓他都不敢相信這是真的，站起來，朝身後上首的蔡京行禮道：「太師，可以結案了嗎？」

蔡京張開眸子，一副古井無波的樣子，正要點頭，一旁有人突然道：「且慢！」

王之臣看過去，說話之人乃是副審之一，大理寺卿姜敏。按品級，姜敏比王之臣低了一級，可是二人互不統屬，姜敏是大理寺卿，算是大宋兩大刑名機構之一，他說一個且慢，便是蔡京，也不能隨意結案。

蔡京含笑道：「姜大人可還有什麼話要說嗎？」

姜敏朝蔡京行禮道：「太師，雖然沈傲已經供認不諱，可是帳簿中的賄賂觸目驚心，若是不問，查出個究竟來，匆忙定案，豈不是有負聖恩。下官建議，先問出沈傲將那些賄賂藏在何處，再啓稟陛下，如此，既可讓沈傲心服口服，又可善始善終。」

蔡京沉默了片刻，倒也猜不出姜敏到底是什麼居心，可也不好反駁姜敏的提議，只得頷首點頭道：「姜大人說得不錯，那就再審一審吧。」

王之臣點頭道：「如此更好。」

說罷，三人各回原位，這一次王之臣就不客氣了，既然證據確鑿，沈傲就是犯官，對犯官，還有什麼客氣的，該怎麼辦就怎麼辦，驚堂木啪地一聲，將整個衙堂震得餘音繚繞，隨即大聲厲喝道：「沈傲，方才姜大人的話你可聽清了嗎？」

沈傲道：「沒聽清。」

對付這種耍下三濫手段的楞子，王之臣不怒反笑，只覺得這個沈傲也不過如此，欺負那些死板的讀書人綽綽有餘，可是在久經刑名，見多識廣的王之臣面前，卻都不過如此，當年便是那些殺人如麻的反賊，王之臣一樣審得，更何況是沈傲這種小花招。

王之臣厲聲道：「好，本大人就再和你說一遍，我問你，那些財物都在哪裡？你最好從實招來，否則讓人抄了家，就不要怪人無情了。」

沈傲正色道：「不知道，就算是知道，我也絕不能說。」他這一次倒是認真起來，臉上顯得無比神聖，一副打死都不說的架勢。

「哼，你不說，自然有讓你開口的辦法，你莫要忘了，如今你已是證據確鑿，是犯官，若是動起刑來，就怕你消受不住！」

「動刑？我最怕動刑的人。」沈傲很害怕的樣子，臉色劇變，道：「不過這件事事關重大，你就是動刑，我也不會說。」

驚堂木重重一拍：「大膽，你這是蔑視本官了，來人……」

七八個明火執仗的刑部皂吏紛紛喝道：「在。」

所有人的神經都緊張起來，想不到事情的結果竟是如此，周正臉色微微一變，想要站出來說話，一旁的石英拉住他，朝他搖搖頭，周正嘆了口氣，不忍去看接下來的一幕。

晉王仍是不動聲色，饒有興致地看著，時不時還和邊上幾個王爺說著笑話。

也有人面露喜色的，恨不能立即動刑，一雙眼睛直愣愣地看著堂下，生怕錯過了這一幕。

蔡京突然張起眸來，總覺得有些不妥，可是問題出在哪裡，他卻又一時想不到，只好繼續闔目養神，先讓王之臣試試水。

七八個差役一擁而上，反剪住沈傲的雙手，沈傲大叫：「王之臣，你可不要後悔！」

王之臣大笑道：「後悔？這句話也是你這犯官說得出口的？再不招供，莫怪我不講同僚情面！」

見沈傲抿嘴不語，王之臣大手一揮：「拖下去，打！」

「慢！」沈傲這一下服軟了，道：「我招！」

眾人大跌眼鏡，對沈傲的爲人實在無語，這個傢伙，剛才說得冠冕堂皇，還真有幾分硬漢的本色，原以爲這傢伙會有什麼英雄壯舉，誰知道還沒動手，他就舉械投降了，這……這……

眾人面容古怪，幾個端起茶來正喝著茶的大人，差點沒一口將口中的茶水一口噴出來，連忙將茶水咽下去，而後拼命咳嗽不止。

晉王趙宗瞪大眼睛，對一旁的齊王道：「我早就料到他會這樣，這人的性子和我一比，實在差得太遠了。」

齊王嘻嘻笑著只是點頭，舉起大拇指道：「皇兄的品性自是沒得說的，宗室裏頂呱呱的。」

趙宗得意了，一臉的眉飛色舞，對著沈傲道：「沈傲，你好歹讓他們打一下屁股再舉械不遲啊，看得真叫人惱火！」

眾人回過神來，頓時哄笑。

沈傲不去理會他們，見差役們放開了他，慢吞吞地拍了拍身上的灰燼，對王之臣道：「王大人，這可是你要我說的，出了事，你要負責。」

王之臣不由地冷笑，心裏想：「到了這個時候，這二愣子竟還敢狐假虎威。」道：「你只管說，有什麼干係，我來擔著！」

沈傲慢吞吞地又坐回去，道：「我要先喝口茶潤潤嗓子。」

王之臣猶豫了一下，朝皂吏使了個眼色，皂吏端了茶來，沈傲接過一口喝乾，道：

「這些賄賂，確實是我收的，帳簿也沒有差，至於贓物嘛，我就說實話吧，我自己呢，留了一份，至於其他的，一部分在太后那裏，還有些陛下拿了，除此之外，還有皇后、四夫人，便是太皇太后那裏也有一份。」

他抬頭看著房梁，好像還在回憶，接著繼續道：「我的岳父楊戩楊公公拿了一對玉馬，晉王收了我一匹駿馬，對了，晉王恰好也在這裏，可以叫他來對質。」

趙宗正和齊王竊竊私語，一聽這火兒竟燒到自己頭上，偏偏自己還真收過沈傲的禮，上一次入宮，見到沈傲四處散財，心頭一熱，便對沈傲說：「沈傲啊，你不能厚此薄彼啊，給了母后這麼多寶貝，怎麼能少了我的？」

結果第二天，一匹駿馬就送來了，趙宗因此還喜滋滋地向人炫耀，此時越聽越覺得不對味，等到所有人的目光都落到他身上，他立即擺出一副淡淡然的樣子，道：「駿馬……是……有的。」

沈傲還在那裏碎碎念道：「除了他們，還有衛郡公、上高侯、祈國公、高州侯……」

他一口氣報出來，人數竟是越來越多，王之臣聽到太皇太后、太后、陛下三個人時，臉色已經大變，腦子嗡嗡作響，一下子竟是無力地癱在椅上。

沈傲嘿嘿笑道：「其實番商的東西，都是別人的，他們既然要送，我就沒有不接的道理，所謂肥水不流外人田嘛……」

「……」

「既然是肥水不流外人田，這些東西，當然要收，身爲鴻臚寺寺卿，收下這些禮物是我的本分，是我的職責所在，所謂我不入地獄誰入地獄，這個壞人，就我一個人來當好了。可是呢，在下也知道獨食難肥的道理，雖說這不是民脂民膏，可是這些珍奇寶物，在下也不能一人獨吞，於是，在下秉著人人有份、尊卑有別的原則，從太皇太后再到太后，從陛下再到諸位公卿……」

「……」

「在下清楚得很……」

「不要再說了！」蔡京果斷地站了起來。這個時候，沈傲說得越多，錯得越多，當著這麼多人的面，將太后、皇上牽涉其中，一旦傳入宮中，太后和皇上怪的是誰？

這可是王之臣說要擔著干係讓沈傲說的，也是幾個主審官逼著他說的，可是這牽扯到宮裏頭的大人物，宮裏頭的顏面要往哪裡擱？一個案子審到了宮裏頭，沈傲倒是光棍一條，自己和王之臣如何交代？

「沈傲，此案暫且候審，來，將沈傲先送回大理寺去。」蔡京此時顯出了其精幹的一面，又對諸人道：「今日之事，誰也不許傳出去；若傳了出去，非但陛下臉上無光，

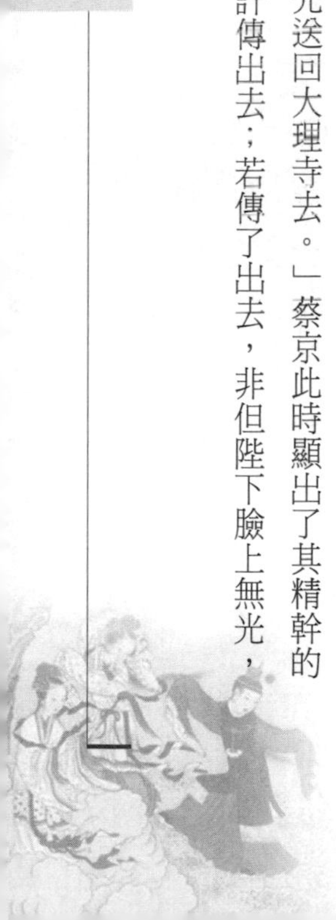

我等亦是萬死之罪。」

「至於王之臣和姜敏，你們二人立即隨我進宮，去向太后、陛下請罪。」

一場會審不得不無疾而終，所有人都忌諱莫名，臉色古怪地紛紛退去，皆沒有透出什麼消息，就是那些消息靈通的差役，也都緊閉尊口，一問三不知。

這一樁案子，竟是變得更加撲朔迷離，好像那一場眾目睽睽之下的會審從未發生過。

蔡京帶著兩個副審立即入宮，請罪磕頭，尤其是王之臣，整個人如鬥敗的公雞，哪裡還有心思去整沈傲，連自己的前途都變得難測起來。

趙佶聽了他們的敘述，端坐在御案之後不動聲色，既沒有發怒，也沒有喜悅，只是淡淡地道：「朕知道了。」

蔡京立即叩伏在地道：「陛下，微臣後知後覺，竟是捅下天大的婁子，請陛下降罪，微臣絕無怨言。」

他認起錯來，絕不拖泥帶水，危顫顫地趴伏在地上，雙肩微微顫動，等他抬起頭來，那蒼老的臉上，更是暗如死灰。

趙佶看著蔡京，心中一軟，連忙道：「太師何罪之有，這件事你不必放在心上。」

蔡京危顫顫地被內侍扶起來，趙佶道：「你們都退下吧，把沈傲押進宮來，朕有話要對他說。」

蔡京心裏嘆了口氣，他最不願意看到的事眼看就要發生了，卻只能連忙回應趙佶道：「是，微臣這就去辦。」

文景閣裏密不透風，趙佶扶著案，一手執筆，日若星辰，聚精會神的望著鎮紙下一幅未完成的畫卷，最後又拋開筆，沉眉道：「以花鳥畫爲例，沈傲是天下第一，朕這天下第一人，只怕要退位讓賢了。」

趙佶搖搖頭，看著懸掛在牆上的畫若有所思，這一幅幅畫，大多都是沈傲的作品，風格各異，可是每一幅，都精妙到了極點，或細膩如木紋，或粗獷如颯爽秋風，趙佶看著不由地呆了一會兒，而後才是苦笑一聲：

「這個傢伙，若是能不惹事，讓朕安安心，該有多好。」

「陛下，若是沈傲不惹事，還是沈傲嗎？」

這一句話出自身後小心翼翼的楊戩，在趙佶發愣的時候說出這句話，很是冒險，通曉趙佶性格的楊戩自然清楚，只是他知道，保全沈傲的機會……來了！

趙佶若有所思地頷首點頭，不慍不火地道：「你說得對，沈傲若不是這個心性，我又如何能欣賞他，與他做知己，而不是君臣。」

趙佶是個戀舊之人，否則從前端王府裏的那些舊人，如楊戩、高俅，這些舊人如今都是位高權重，趙佶給予了他們極大的信任和權柄。

趙佶嘆了口氣，想起自己和沈傲互不知曉對方身分時的友誼，想到沈傲在泥婆羅王子跟前替自己解圍，這些事給予他的印象過於深刻，一時之間，那顆冰冷的心融化了幾分。

呆呆坐下，趙佶突然抬眸，眸中閃耀著星點怒火，對楊戩道：「上疏彈劾的那幾份奏疏立即拿回來，那份彈劾沈傲毆打泥婆羅王子的奏疏還在不在？」

楊戩道：「奴才已經存檔了，彈劾之人叫趙星，是一個御史。」

趙佶道：「下旨申飭，叫此人收斂一些，若是再敢胡說八道，就流放到嶺南去。」

楊戩心中大喜，他沒有想到，只是一瞬間，趙佶的心思就已經扭轉，連忙道：「陛下，言官本就是捕風捉影，風言奏事，何必要申飭，奴才覺得他說得也沒有錯，沈傲是太不像話了。」

楊戩心裏清楚，這個時候還不是彈冠相慶的時候，他還要再試探試探，所謂君心難測，誰知道趙佶此刻心中到底是什麼想法。

其實他不知道，從雪片般的奏疏飛到了趙佶的案頭，趙佶的怒火就已經熄了；在趙佶眼裏，沈傲是個知己，是個讓自己又敬又恨的混蛋，可就算是混蛋，那也是趙佶的朋友，他能罵能打能教訓，能給沈傲一點顏色，可是這些言官算得了什麼東西，他的朋友也是他們能罵的嗎？

這還只是其一，最重要的是，當有人拿泥婆羅王子、拿沈傲貪贓這些事來對沈傲破口大罵的時候，趙佶心裏對沈傲已經有了維護之心，這些事對他的記憶很深刻，他清楚地記得，那一日在講武殿中，那泥婆羅王子囂張跋扈，眾臣束手無策，是沈傲站出來幫了他最重要的一把；只是趙佶萬萬想不到，竟還會有人敢拿出這件事來當作沈傲的罪過。

「這群言官，真是無恥之尤！」趙佶心裏不由地罵著，轉念一想，突然感覺沈傲也並沒有那麼可惡了。

過了半個時辰，內侍過來道：「陛下，沈傲覲見。」

趙佶心情複雜地抬抬手道：「叫他進來說話。」

沈傲踱步進來，低頭道：「陛下，微臣來了。」

趙佶抬眸，原以為沈傲這一次一定吃了許多苦頭，又是看押，又是會審，至少也是消瘦了幾分，免不了想寬慰他幾句，可是看到沈傲，頓時又後悔了，這傢伙居然還是生龍活虎、白白胖胖的，非但如此，居然連臉色都比從前紅潤了不少，莫說身上有什麼傷痕，不但四肢健全，而且連細微的擦傷也沒有半點。

趙佶嘆了口氣，心裏想：「這個人，朕真拿他沒有辦法。」想罷，故意冰冷地對沈傲道：「你坐下說話。」

沈傲落落大方地坐下，二人對視著，都沒有說話，過了半晌，趙佶才吁了口氣道：

「你就沒有什麼話要對朕說的？」

沈傲立即大叫道：「微臣冤枉啊，微臣雖有貪贓，可是貪的並不是民脂民膏，況且這些事，微臣早就和陛下說過，大多數贓物，微臣也沒有獨吞，都是送進宮裏來的，雖然微臣私扣了那麼一點點……」沈傲伸出一小截指頭，繼續道：「可是這件事，陛下也是一清二楚的。」

趙佶無語，瞪著他道：「你想對我說的就只是這些？」

沈傲一愣，隨即恍然大悟道：

「那微臣就更冤枉了，今日會審，我本已下定了決心，寧死都不說出贓物的去向，太后和陛下對微臣恩重如山，我就是萬死都難報答，怎麼能攀咬到宮裏去，可惜那王之臣，實在是逼人太甚，竟要對微臣動刑，還說不交代出來，要抄我的家，殺我的頭，我心裏一想，好漢不吃眼前虧，總不能冤死在刑部裏，所以……就招了……」

趙佶不耐煩地搖頭道：「朕要問的也不是這個，你不要裝模作樣，就你那點把戲，瞞得過朕嗎？朕要問你的是安寧的事。」

沈傲不說話了，也不叫冤了，一時呆坐不動。

乾坐著也不是一回事，兩個人沉默不語，一個等著答案，另一個在想著作答，都在猜測對方的心思。

「咳咳……」沈傲乾咳一聲。

趙佶道：「怎麼？你想好了怎麼回話？」

「不是。」沈傲大言不慚的道：「喉嚨有點癢而已。」

「你……」趙佶搖頭，突然又覺得和他生氣實在沒有必要，真要和他認真起來，就是三天三夜都氣不完。

沈傲看了趙佶一眼，試探的道：「下官……啊，不，學生能叫陛下一聲岳父大人嗎？」

這意思是說，安寧嫁不嫁，你自己看著辦。

「不行！」趙佶回答的很是堅決，板著臉道：「你有妻室，安寧斷不能嫁你。」

「哦。」沈傲點頭，隨即閉上嘴，不說話了。

趙佶見他半晌沒動靜，不耐煩道：「你到底如何給朕一個交代？」

沈傲瞪大眼睛：「還有什麼可交代的，女兒你不嫁，我又不能娶，還交代什麼？」

趙佶沒詞了，沈傲這句話雖然大膽，卻不是沒有道理，安寧不下嫁，還交代什麼？

想交代也交代不了啊，趙佶咬了咬牙：「可是現在安寧還在病榻上，上一次招親之後，病情反而更重了，這是不是你的錯？」

沈傲嘆了口氣道：「是微臣的錯，請陛下恕罪。」

「哼，那麼你該如何善後？」

沈傲雙手一攤：「最好的辦法，就是我來送了六禮，把人娶回家去，陛下，君無戲言啊，招親的事，你可是頒發了旨意昭示天下的，如今木已成舟……」

「休想！」趙佶可不上沈傲的當，站起來，負著手道：「此事暫時擱置吧，往後誰再提起，朕絕不姑息。」

沈傲撇撇嘴，心裏想，不提就不提，只是可憐了安寧，嘆了口氣，心裏有點失落。

趙佶心情也有些不好，對沈傲道：「你過兩日再進宮來，朕有話和你說，今日就先出宮去。」

沈傲道：「是。」

出了宮城，立即返家，屋裏的歡喜無限，張羅了好一陣，叫沈傲換了衣衫，吃了一頓酒，算是慶祝沈傲逢凶化吉，蓁蓁打量著沈傲，還生怕沈傲瘦了，可是見沈傲精神奕奕、神采飛揚的模樣，真懷疑沈傲是踏青歸來，只是在大理寺的事，她也不好多問，只是問沈傲安寧的事如何？

沈傲搖搖頭，嘆口氣，抿嘴不語。

周若原先還生沈傲的氣，這個時候見他皺著眉，連忙道：「陛下那邊多半氣還沒有消，不妨事的，等過了幾日就好了。」

唐茉兒也道：「帝姬豈是這麼好耍的，你沉住氣，一定有辦法。」

沈傲驚奇的望著三個妻子，道：「今日是怎麼了？好像巴不得叫我出去風流快活似的？」

蓁蓁嗔怒道：「你爲了安寧帝姬，連性命都不顧了，我們還敢攔著嗎？」

沈傲見她一臉醋意，連忙打哈哈：

「其實性命都不顧談不上，事先我都計畫好了的，陰謀詭計你們夫君最在行，你們想想看，我這是欺君對不對？可是欺君這種事只可意會，卻不能言傳，若是傳了出去，這官家的面子往哪裡擱？

「於是我早就料到，官家一生氣，肯定要拿我治罪的，可是拿什麼來治罪呢？首先就是大臣們彈劾，那些言官的手段我是見識過的，說得難聽一些，對付別人可以，對付我，卻是萬萬不能！往年那些被彈劾的冤大頭，說得難聽一些，官家連他們名字都記不得，言官們捕風捉影，引經據典的胡扯幾句，官家大多都信以爲真了。可是我不同，我與官家算是老交情，我那幾斤幾兩，他會不知道？若說我做了什麼缺德事他信，可要是

給我潑髒水，說我謀逆的話，官家不但不會信，反倒會對我生出同情之心。

「這個時候，官家雖然消了氣，可是面子卻拉不下，多半就想給我一個教訓，於是會安排人對我進行會審，會審就要有罪狀，罪狀是什麼？謀逆是子虛烏有，欺君倒是貨真價實，問題是，這種事只能心照不宣。蔡京那些人見我落水，豈會錯過這個機會，所以一定會四處去搜尋罪證。」

沈傲說到這裏，忍不住哈哈笑了起來：「這就是最妙的地方，他們要罪證，我就給他們罪證，不但要給，還要人證連同物證一道給他們，就是要他們拿貪贓來審我。」

他放下筷子，心滿意足地躺在後椅上：「可惜的是，他們審我什麼都可以，唯獨不能審貪贓，那個王之臣只怕要倒楣了，你們等著看。」

將自己的計畫統統抖落出來，沈傲的心情開朗了一些，當夜趕早睡了，第二天清早，按時去鴻臚寺坐堂。

鴻臚寺上下人等因爲沈傲的事，早就嚇得一個個心驚膽戰，沈傲貪贓，他們也分了不少好處，正如沈傲說的那樣，人人有份，一個不落，審完了沈傲，說不定下一批受審的，就輪到他們了。如今見沈傲安全無恙，所有人都放下了心，歡天喜地的要湊份子給寺卿大人接風洗塵。

沈傲毫不猶豫的拒絕了，對他們道：

「接風就不必了，如果你們嫌錢多，本大人倒是不介意幫你們花一花，諸位，喝酒的事不要多想，我等食君之祿，要報效朝廷，報效太后和陛下的恩德，都還愣著做什麼？把那些番商的名單都拿出來，有哪個番商好幾個月沒有來鴻臚寺了，去給他一個暗示，告訴他們，到了大宋的地界，就得按我們大宋的規矩來辦，我們是禮儀之邦，禮多人不怪，他要是沒禮，許多事就不好辦了。」

眾人哄笑，紛紛說：「對，對，我們要勤懇做事，一定要好好報效朝廷。」立即都要散去，沈傲伸出手來：「且慢！有個番商是不是叫周處？」

寺正一聽，立即咬牙切齒的道：「大人，我明白的，就是他攀咬了大人，差點兒叫大人陰溝裏翻船，大人放心，不勞你動手，我們去收拾他，得罪了鴻臚寺，他還想做他的皮毛生意？那是想都別想。」

誰知這一記馬屁拍到了馬腿上，沈傲板著臉道：

「你這話本大人很不愛聽，這是什麼意思？難道是要本大人公報私仇？公是公，私是私，本官算得很清楚的，叫個人去告訴他，讓他不必擔心害怕，沒事的。本官的情操不是小人能夠理解的。對了，另外再幫我傳一個話，就說上次他送的黃金面具，我轉贈給了皇上，皇上看了之後很喜歡，愛不釋手，我是這樣想的，既然皇上喜歡，想必太后

和諸位王爺們也會喜歡，不如這樣吧，先叫他送個幾十副來，讓他報個價錢，本官拿出自己的私房錢來向他購買。」

寺正聽了，立即會意，很受感觸的道：「大人不計前嫌，心胸之寬廣如萬里波濤，一眼望不到盡頭，下官佩服之至。最令下官深有感觸的是，大人時常將官家放在心中第一位，爲了替官家分憂，竟拿出自己的私房錢，這叫下官人等情何以堪。」

沈傲嘆了口氣：「所以說讀書使人明志，更能修身養性，平時你們多讀讀書，早晚都會到我這般的境界，好了，各自去忙吧，本大人要操勞公務了。」

大喇喇的到耳房裏，叫人斟了茶，直接半臥在榻上小憩了片刻，一直等到正午用罷了午飯，那叫周處的番商馬不停蹄的趕來了，見了沈傲，納頭就拜，痛聲疾呼道：

「小人該死，該死……」

沈傲連忙走過去將他扶起，正氣凜然的道：「周兄，你這是做什麼？我知道，其實你之所以到衙堂裏說那些話，是因爲受了王之臣的脅迫對不對？」

周處小雞啄米似的點頭：「是，是……否則就是殺了小人，小人也不敢誹謗大人。」

沈傲擺擺手：「沒事的，你好好做你的生意，這件事你不必記掛在心上。」

周處一副很感激的樣子：「沈大人大人大量，小人感佩之至。」

沈傲請他坐下，如沐春風的笑道：「你不要感佩，你大老遠的從異國來到我大宋，就是我大宋的貴賓，兩國之間相互交流，全靠你們牽線搭橋，要說感佩，應當是沈某人感佩周兄才是。」

周處心裏鬆了口氣，道：「大人，您方才叫我送黃金面具來，這面具是在龜孜國鍛造的，在這大宋，一時也難尋到工匠，所以這面具嘛，只怕要等來年才能送到。」

沈傲很是遺憾的道：「這樣啊……那就算了吧，沒有干係的。」

周處汗顏，連忙道：「雖然一時尋不到巧匠，但是大宋人才濟濟，想必大人一定有合適的鍛造人選，所以小人帶來了五十斤製造黃金面具的材料，大人若是不嫌麻煩，可以另尋工匠鍛造。」

沈傲板著臉道：「你這是做什麼，我只是想要黃金面具，你卻送了材料來，不知道的人，還以爲我貪瀆你的黃金呢，趕快把東西帶走，本官見了那些黃白之物，就忍不住噁心。」

周處差點要跪下給沈傲磕頭了，高聲叫道：「大人……，這材料你一定要收下，它……它們不是黃金。」

沈傲道：「不是黃金那是什麼？」

周處眼珠子一轉：「只是尋常的銅錠，值不了幾個錢的。」

沈傲想了想，頗有些不情願的點點頭：「若是銅錠倒還好說，你開個價，我取錢來給你，」

周處哪裡敢開，連忙道：「不值多少錢的，大人不必客氣。」

沈傲硬是要給，兩個人僵持了一會，周處才道：「大人若真的有心，就隨便給小人四五貫錢吧，哎，本就不是什麼值錢的東西，還叫大人破費。」

沈傲目光幽深地道：「買東西就要給錢，這一直都是本官的原則，人沒有了原則，與禽獸又有何異。」

第一五〇章

引君入甕

太后道：「你成日寵著那蔡京，就差點讓蔡京來替你做皇帝，
獨斷朝綱了，哀家還靠得了你嗎？」
沈傲在一旁聽得無語，這太后還真會來事，
這一手引君入甕，當真是爐火純清，佩服，佩服！

一天渾渾噩噩地過去，只是回家時，又多了一大箱很不值錢的「銅錠」，第二日清早，太后來了懿旨，要沈傲入宮。

沈傲穿戴一新，去了後宮給太后問安，太后見了他，先是嘆了口氣，道：「那個王之臣真是混帳，該問的不問，不該問的卻都問了，哼。」

沈傲連忙道：「太后息怒，王大人也是奉旨辦事，怪不得他的，要怪就怪我行事不密，將把柄落在他們手裏。」

太后母儀天下，最是要面子的，這件事若是戳出去，那還了得？

太后板著臉，顯然昨夜沒有睡好，眼袋漆黑，突然問：「那些明細帳目，王之臣是如何得知的？這件事依哀家看，古怪得很，沈傲，你要好好思量思量。」

沈傲想了想，隨即臉色大變，道：「對啊，那帳簿是最緊要的東西，我平時藏得也很隱秘，莫不是我身邊的人洩露了消息？這可不妙，太后，你這是一語驚醒夢中人，待我回去，立即將知道此事之人召集起來，細細盤查，寧可錯殺一千，也絕不放過一個，否則留著這麼一個人在身邊，早晚要釀出大禍來。」

太后點了點頭，這才從容坐下，突然又想起了一件事，道：「若真是有人密報了王之臣，王之臣既然知道帳簿的事，難道不知道這些帳簿裏的寶物去處？」說到這裏，太后頓了一下，才是恍然大悟地道：「哼，我看，他當初一定知道！」

「哦？王大人既然知道東西是送到宮裏的，爲什麼還要逼問我？說不通啊。」沈傲心裏竊喜，卻是做出一頭霧水的樣子，要太后充分發揮自己的想像力。

女人的思維是可怕的，想像力更是豐富至極，一旦認準了一個人的壞處，就恨不得將他往罪大惡極的方向去想，更遑論太后這樣的女人？

太后沉吟片刻，冷若寒霜地道：「他這是故意要給哀家難堪，這個王之臣，哀家早就聽說過他，他好大的膽子，一個外臣，竟敢欺到宮裏來了。」

沈傲惶恐地道：「太后，這件事就不要追究了，太后若是追究，蔡太師那邊會不高興的。」

沈傲這種唯恐天下不亂的性子，挑撥是非真是手到擒來，偏偏還裝作一副維護王之臣的樣子，恨不得爲「兄弟」兩肋插刀，「情急之下」又將蔡太師牽扯進來，還一副爲太后著想，很是擔心的神色。

太后冷面笑道：「噢？莫非這王之臣和蔡京有什麼關聯？」

沈傲很猶豫的樣子道：「有那麼一點點，蔡太師與他的關係還算可以，平時二人走得也近，而且王之臣是蔡京的門生，若說二人情若父子也不爲過。太后想想看，蔡太師乃是國家棟梁，他的門生，就算犯了一點小過，其實也算不得什麼，太后就當讓讓他，沒什麼大不了的。」

沈傲越是一副蔡太師惹不起的口吻，太后心裏就愈發不舒服，冷哼道：「不過是蔡京的看門狗罷了，哀家憑什麼讓他？去，叫陛下來，哀家有話和他說。」

沈傲心裏一鬆，心裏想：「王大人啊王大人，今日你要倒楣了吧，嘿嘿，欺到我頭上，不讓你吃吃苦頭，你真當老虎是病貓了。」想著，立即去覲見趙佶。

趙佶今日的心情好了一些，對沈傲招招手：「沈傲，你來，朕在想一件事。」

沈傲正色無比地道：「陛下，有什麼事請容後再說，太后請陛下過去。」

對這母后，趙佶是不敢怠慢的，立即起身，隨著沈傲一道到了景泰殿，喚了一聲母后，聽到裏頭沒有動靜，又叫了一聲，還是靜籟無聲，趙佶心虛了，跨檻進去，殿裏並沒有人，倒是有個老太監在那兒愣愣地站著，紋絲不動。

趙佶問這太監道：「太后在哪裡？」

老太監的耳朵有些背，見了趙佶，忙不迭地要行禮，偏偏聽不清他說什麼，只是道：「陛下有何吩咐？」

趙佶大聲重複了一遍問話，老太監的老臉立即變得又辛酸又苦澀，渾濁的眼眸裏噙出淚水：「太后病了……」

「病了！」趙佶嚇了一跳，道：「她在哪裡，太醫呢？快請太醫。」

老太監指著殿後的後閣，趙佶帶著沈傲衝進去，重重閣樓幾進幾出，最裏頭的臥房裏寂靜無聲，趙佶看到病榻上的太后，一下子撲過去，跪在地上，握住太后的手道：

「母后是哪裡不舒服？」

太后側過身，面對著牆，不去理他。

趙佶一下子呆住了，有點兒驚慌失措，呆了一會兒，才對一旁的太監道：「這是怎麼回事？」

幾個太監只是垂著頭，不敢說話。太后這時候對著牆道：「晉王還沒有來嗎？快叫他來，哀家有事要吩咐他。」

趙佶愁眉苦臉地道：「母后有什麼話和朕說就是了，何必要去叫晉王。」

太后道：「你成日寵著那蔡京，就差點讓蔡京來替你做皇帝，獨斷朝綱了，哀家還靠得了你嗎？」

沈傲在一旁聽得無語，這太后還真會來事，這一手引君入甕，當真是爐火純清，佩服，佩服！

趙佶一頭霧水：「母后是爲了祭太師的什麼事生氣？」

太后一骨碌翻身起來，側身對著趙佶，氣呼呼地道：

「不是蔡京，而是那刑部尚書土之臣，此人仗著有蔡京維護，驕橫無比，官家你自己說說看，該怎麼處置他？」

趙佶一時默然，遲疑地道：「王之臣並沒有過錯，處置他做什麼？」

太后咬唇道：「就知道指望不上你，還是去叫晉王來吧，只有晉王最明白哀家的心意。」

這一句話將趙佶嚇了一跳，百善孝爲先，太后這不是說自己不孝嗎？來不及多想，立即道：「母后有什麼話不能好好的說，你若是真看不慣那王之臣，朕下旨申飭就是。」

太后猶豫了一下，也覺得敲打敲打就算了，正要點頭，沈傲在一旁道：

「是啊，陛下說得不錯，太后多少要賣蔡太師一點面子，否則大家的面上都不好看。依我看，下旨申飭他是最好的辦法，既不會傷了和氣，又可以叫王之臣記住教訓，一舉兩得，如此一來，太師他老人家和太后也不必生出嫌隙來。」

這一句話將太后心中的怒火又勾了起來，太后不再猶豫地厲聲道：

「蔡京是什麼人，也要哀家看他的臉色？哼，這個王之臣，哀家一定要治他的罪，他不是會審沈傲嗎？好，這一次就讓沈傲主審，去審這個王之臣。」

沈傲大叫冤枉，心裏想：我又說錯了什麼嗎？

趙佶一時默然，沉吟片刻道：「沒有罪名，會審什麼？只會讓人笑話，母后，這件事就讓朕來處理吧。」

太后道：「不行，罪名的事由沈傲來辦，會審的事，哀家也要親自過問，此人十惡不赦，誹謗哀家，叫哀家往後如何見人？官家，你若是真有孝心，會審王之臣的事，你就不要過問，你不發旨意出去，哀家自己發懿旨，反正哀家的這張老臉已經沒處擱了，也不怕再被人笑話。」

趙佶聞言大駭，連忙道：「母后，不如這樣，先叫人搜尋罪證，上疏彈劾，此後朕再發旨會審如何？若是先發出旨意去，只怕會讓眾人心裏不服。」

太后的臉色這才和緩了一些，轉嗔爲喜地道：「也不枉哀家生養你一場，你和沈傲都去吧，哀家的病已經好些了，你們商議商議該怎麼個審法，要時刻稟報到哀家這裏來，哀家可不會受你們的糊弄。」

沈傲大叫道：「太后，你不能這樣做啊，你這樣做，豈不是無罪也要冤枉人家王大人有罪嗎？學生是讀書人，若是會審了王之臣，心裏會很不安的，沒有十根八根千年高麗參，也滋補不回來。」

太后嗔怒地看了他一眼：「連官家都不反對了，你還扭捏個什麼？哀家就賜你二十根高麗參，你慢慢地滋補去吧。」

沈傲心裏想，這個時候，我是不是應該表現出一點大義凜然來？是不是該對太后說，你這樣做是很不對的，大家都是成年人，打擊報復這種有違和諧的事還是要適可而

止……

他亂七八糟地想了許多，卻是一句話都沒有說出來，心裏嘆了口氣：「本大人的臉皮還是不夠厚啊，做婊子立牌坊這種事居然還是於心不忍，失敗，真是失敗。」

沈傲灰溜溜地隨著趙佶出了景泰殿，二人相視苦笑，等到了文景閣，趙佶才道：「沈傲，方才你和母后說了什麼？」

「陛下這是懷疑我在挑撥離間？」沈傲大是委屈，理直氣壯地道：「天地良心，日月可鑑，我在太后面前，可是一句王大人的壞話都沒有說，非但如此，我還摒棄了與王大人之間的嫌隙，一心爲他推脫，爲他說了一籮筐的好話。陛下若是不信，大可以去問太后或是太后身邊的人，沈傲若是有一句虛言，天打雷劈，不得好死！」

趙佶抿抿嘴，不再吱聲了，沈傲連這種毒誓都發了出來，他也不得不信了。

趙佶苦笑道：「這件事，朕就不管了，一切交給你去辦吧，方才太后的話你也聽見了，只管去做就是。」

沈傲肅容無比地道：「微臣遵旨。」

眼看就要開春了，汴京城中的雪色漸漸停落，只留下屋脊上那一灘灘殘雪。

衛郡公府裏，十幾個人零零落落地分別坐下，眾人皆是看向沈傲，這個新科狀元，汴京第一才子，乍眼一看這個少年，倒有幾分紈褲公子的做派，可是誰要認為他是個遊手好閒之輩，那可就想錯了。

沈傲一字一句地將宮裏頭的事複述一遍，而後振作精神道：「除掉王之臣，不啻是砍掉蔡京左膀右臂，衛郡公，岳父大人，諸位叔伯認為呢？」

衛郡公道：「王之臣不過是一條走狗，走了他一個，蔡京總攬三省事，隨時可以安插第二個、第三個。既如沈賢侄所說，那我們不妨直取蔡京，讓蔡京看看我們的厲害。」

眾人紛紛摩拳擦掌，自從蔡京起復，整個新舊黨形勢劇變，新黨的聲勢立即大漲起來，將舊黨壓得死死的，再這樣下去，只要蔡京穩固住地位，施以雷霆重擊，在座之人的前途只怕又有一番挫折了。

石英的一句話，大有反擊之勢，這在數天之間，是他們萬萬不敢去想像的，這個時候對蔡京進行反擊，那是自尋死路，不過已經有不少人意識到沈傲的翻盤恰好給予了他們一個好機會。

王之臣自然要除掉，除掉他，可以挽回一些舊黨的聲勢，可以讓新黨有所顧忌。

沈傲笑吟吟地道：「我倒是有個建議。」

眾人又看向他，都沒有說話，這楞子提建議，誰若是說個不字那還了得？隱隱之

中，汴京城中，不管是沈傲的朋友還是敵人，都不約而同的有了一個共識——沈傲這個傢伙，不能惹，也惹不起。

沈傲正色道：「陛下和太后的事，只有我們知道，可是蔡京並不知情，諸位想想，若是有人彈劾王之臣，蔡京會怎麼做？」

姜敏不假思索地道：「自然是極力維護。」

沈傲不再說話了，大家都不是笨蛋，不必說得過於透澈，這一句提醒，就足以讓人怦然心動，開始著手下一步計畫。

第二日一早，一份奏疏送到了中書省，幾個中書舍人一看之下，差點吸了口涼氣，既不敢聲張，卻又不敢決斷，湊在一起商議了片刻，立即知會蔡京。

蔡京接了奏疏，不由苦笑——麻煩來了。

這是一份彈劾的奏疏，起草人是沈傲，彈劾的對象是王之臣，開筆都是些中規中矩的客套話，什麼臣聞忠無不報，信不見疑，臣常以爲然之類，意思是：我常常聽人說，忠心的臣子不會隱瞞他的君王，所以一旦有事，一定上報，這句話我認爲十分對。

第一句算是定位，就是說陛下，我是個忠臣啊，所以有事情要向你打小報告，你一定不要見怪。之後第二句，就開始拉開架勢了，沈傲的奏疏裏，充滿了火藥味，說臣聽說刑部尚書王之臣為人很壞，雖掌刑名，卻常常目無法紀，以貪瀆栽贓為樂事，之後又列舉王之臣種種劣跡，又說王之臣有一次在蔡京家裏喝醉了酒，喝醉了酒也就罷了，偏偏他還喜歡吟詩，吟詩倒是沒有什麼，可是這句話就大有深意了。

沈傲在上面寫的是：「北國風光，千里冰封，萬里雪飄……俱往矣，數風流人物，還看今朝。」

蔡京看了詩，嚇得面如土色，天知道這詩是從哪裡來的，字裏行間，全是大不敬之詞，什麼唐宗宋祖，竟是連皇帝的祖宗都算了進去。到了「俱往矣」這一句，蔡京的臉頰都忍不住抽搐起來，俱往矣，秦皇漢武往矣了，唐太宗也往矣了，連那太祖皇帝也往矣了，只這一句，就是殺十個頭都不夠。

最後一句更是狂妄，數風流人物，還看今朝，今朝是誰？誰是這風流人物？如此大的口氣，便是曹操、王莽也沒有如此氣魄道出，偏偏這篇奏疏裏，卻是王之臣在蔡京家裏說的。

「栽贓。」

蔡京久經世故，雖然震驚，卻很快平靜下來，拿著這份燙手的奏疏，渾濁的眼眸讓人捉摸不定。

這份彈劾事關重大，雖然明知是栽贓，可是蔡京明白，一旦呈送到陛下的御案上，

便會立即命人徹查，況且，這件事事關刑部，甚至是他這總攬三省事的太師，陛下會將徹查的任務交給誰？

蔡京坐定，立即明白了沈傲的厲害之處，自己要避嫌，王之臣的刑部更不可能干涉，那麼唯一的可能就是由宗室或者是大理寺，甚至是沈傲來親自查辦這驚天大案。

宗室那邊是晉王的地盤，晉王與沈傲的關係自不必說，至於大理寺，那更是舊黨的基本盤，自己插不入手，若是沈傲，那就更麻煩了。這份奏疏，本身就是一個坑，而這個坑明知凶險，路過之人卻不得不往下跳，陛下看了這份奏疏，就算萬分不信，也不得不查。王之臣就算有萬分的冤屈，可是只要找不到令人信服的證據，就算不死，這一生的前程也就毀了。

最讓蔡京膽寒的是，這件事還干涉到了自己，一旦王之臣完蛋，下一個會是誰？彈劾倒了王之臣，他們絕不會就此甘休，接下來的目標定是自己。

因爲王之臣的罪名一旦坐實，那麼接下來的疑問就是，既然他在自己家中喝酒，那麼爲何這首詩自己知道，卻爲何不報？那反詩中最後一句「數風流人物，還看今朝」也是可以大做文章的，目標指向王之臣時，可以說王之臣的詩裏指的是自己，借喻他有謀反之心。

可是換一個角度，王之臣到了蔡京府裏作這首詩，難道就不能說王之臣所指的風流人物是蔡京？

王之臣是蔡京的心腹，蔡京總攬三省事，其權勢比之唐時宰相更加專權，一旦這盆屎盆子扣在他頭上，便是跳進黃河也洗不清了。

「沈傲啊沈傲，你好毒的心機啊！」蔡京嘆了口氣，想了想，發覺自己竟不能把沈傲怎麼樣，這個傢伙就像是個無賴，渾身都是破綻，可是這樣的對手，卻是蔡京從所未見，比如這種無恥下作的栽贓，當年蔡京打擊的政敵之中，誰會使出這種下作的方法來？

蔡京沉吟片刻，對一個中書舍人道：「將王之臣叫來，速去速回，不要耽擱。」

過不多時，王之臣就來了，一見蔡京臉色不好，立即多了幾分小心，給蔡京行禮道：「太師叫下官來，不知有何吩咐？」

蔡京冷哼一聲，將奏疏直接拋落在王之臣的腳下，道：「你自己去看。」

王之臣撿起奏疏，翻開一看，臉色頓時大變，期期艾艾地道：

「太師，你是知道下官的，下官忠心耿耿，這詩也斷不是下官作的，是了，一定是那沈傲，上一次會審之後，他懷恨在心……」

蔡京冷面道：「你不必再自辯了，我瞭解你，你沒有那膽子，更作不出那氣吞山河的詩詞來，我叫你來，是要告訴你，不管是真是假，這一份奏疏足以取得了你的性命。」

王之臣慌忙拜倒，號陶大哭道：「太師救我……」

「救?拿什麼救?沈傲是有備而來的，此人精於算計，早就將前路後路都堵死了，奏疏呈上去，立即就會是宗王、大理寺、沈傲會審，不管是哪一個來查你，你都必死無疑，或許現在他們就已串通好了也不一定，大不敬加上一個謀逆，就是誅三族也夠了。」

王之臣嚇得臉色慘白，不斷磕頭：「太師……」

蔡京嘆了口氣：「早就和你說了，要對付沈傲不容易，你偏偏要冒進，把人得罪死了，連一點迴旋的餘地都不留給自己，現在好了，十年河東十年河西，這才過去幾日，沈傲就反戈一擊，要將你置於死地。」

蔡京舔了舔乾癟的嘴唇，眼眸中逐漸變得躍躍欲試起來，繼續道：

「不過你也不必怕，奏疏既然到了中書省，我先壓幾天，看看風向之後，再拿出個可行的辦法來。你現在要做的，就是儘快洗脫自己的過錯，奏疏中寫的是宣和四年正月初九，這一天你去了哪裡，去做了什麼?和誰在一起，有沒有人做旁證，這些你都好好想一想，省得事到臨頭，任人宰割。」

王之臣想了想，連忙點頭道：「不錯，我這就回去想清楚。」

說罷，王之臣還是覺得這樣做不夠保險，聽蔡京的口音，到時候案子肯定是交由宗王、大理寺或者沈傲來辦的，不管是誰，自己和他們都沒有交情，嫌隙倒是有不少；他吞了吞口水，道：「太師，能不能乾脆將奏疏留在中書省，不必上呈御覽？」

按常規，中書省還真有這個職權，大宋這麼大，每天發生的事數不勝數，奏疏滿天飛，這些奏疏，皇帝當然看不完，於是中書省就出現了，那些奏疏到了中書省，便由中書舍人們進行挑揀，將一些不緊要的事壓下，再將重要的奏疏呈入宮裏去，如此一來，小事都放權給了三省，而大事仍然由宮裏頭掌握，兩相得宜。

王之臣提出這個要求，就是想從根本上解決這個問題。

蔡京搖搖頭，嘆息道：「若是別人，我還壓得住，可是沈傲是誰？他是三天兩頭就會進宮的人，越是將奏疏壓著，到時候罪過越大。」

王之臣換上苦臉：「這麼說，下官是凶多吉少了?!」

蔡京安撫道：「這倒也未必，你先按老夫說的去做，或許有迴旋的餘地。」

王之臣無奈，只好道：「那下官先告退，請太師多多費心。」

目送王之臣離開，蔡京嘆了口氣，捋著花白的稀鬚又將奏疏撿起來，揚了揚手中的奏疏對中書舍人道：「這本奏疏暫時先不要記錄，過了三天再說。」

中書舍人本就是蔡京的心腹，立即道：「下官明白。」

奏疏遞上去，一點風聲沒有透露出來，沈傲倒是一點也不急，在他看來，蔡京不可能不知道奏疏的厲害之處，要將這奏疏的厄運化解，就必須需要時間進行周密的準備。

不過太后卻是等不及了，連番去趙佶那裏催問，趙佶糾纏不過，只好又召沈傲入宮，板著臉對沈傲一陣訓斥：「叫你上疏彈劾王之臣的罪狀，爲何現在還沒有動靜，太后那邊逼問得緊，朕可沒有時間和你慢慢磨蹭。」

沈傲驚訝地道：「陛下，微臣已經將奏疏遞上去了啊，怎麼陛下不知道？」

話音剛落，趙佶的眼眸中立即閃過一絲狐疑之色。

「你是什麼時候將奏疏遞上的？」趙佶皺著眉頭問沈傲。

沈傲如實回話道：「前日午時，直接遞往中書省，微臣絕沒有記錯，那時我遞了奏疏，就回去吃午飯了。」

按理，奏疏遞到中書省，中書省確實有權壓住，可是有一種奏疏，中書省無權扣押——彈劾奏疏。

彈劾奏疏是皇帝控制國家最重要的手段，所以就是某地遭了災，這些事可以讓臣下去署理，可是彈劾奏疏，卻是萬萬不能交給別人去處置的。因爲一旦這種奏疏都交給了別人，那麼大宋的權柄就等於落入中書、門下、尚書三省手裏。

現在好端端的一份彈劾奏疏，而且還干係著刑部尚書這種一個部堂的大員，沈傲遞交上去的彈劾奏疏，卻是不翼而飛。

趙佶的臉上很難看，撫著御案，抿嘴不語，看著沈傲道：「你當真遞交了奏疏？」

沈傲言之鑿鑿地道：「絕沒有錯。陛下若是不信，可以到中書省去問問。」

趙佶搖搖頭：「不必問，朕再等等。」

沈傲點了點頭，見趙佶臉色不好，連忙道：「那微臣先退下了。」

此時的汴京城不是一般的寧靜，在這寧靜的背後，風暴正在醞釀，舊黨摩拳擦掌，蔡京也是馬不停蹄地要消除奏疏的影響，他只有一個選擇，先壓著奏疏，再一絲不苟地做好應對之策，他需要時間，以防哪裡出現紕漏，以避免馬失前蹄。

蔡京雖是總攬三省，控制朝野，可是已經沒有從前的聲勢了。因爲在從前，宮裏有個梁師成，可以讓他以最快的速度得到準確消息，而梁師成現在已經徹底倒臺，新的隱相楊戩卻稀裏糊塗地成了舊黨中堅分子，雖說楊戩除了和沈傲勾勾搭搭、眉來眼去，和衛郡公等人並無交情，可是他與沈傲的關係，已經決定了蔡京不可能籠絡住他。

失去了與宮裏頭最重要的橋梁，有些事情，蔡京現在還不知道，那就是那一份奏疏雖然是重磅炸彈，可是這枚炸彈卻不是沈傲一個人埋下的，就是皇帝也有一份，當然，皇帝自己還渾然不覺而已。

第一五一章
完美反擊

王之臣被人剝去了外衫，被押了下去。

沈傲宣布結案，會同兩個副審寫了一份奏疏，連同王之臣的畫押供狀一道呈上，這才鬆了口氣，從成為階下囚到完美反擊，這件事總算是告一段落。

又過了一天，趙佶又將沈傲召入宮中，仍舊還是那句話：「奏疏當真遞上來了？」

沈傲道：「微臣絕不敢欺瞞陛下，確實遞上去了，真是奇怪，明明已經過了兩天，中書省還沒有將奏疏呈送進來嗎？微臣還以爲遞給陛下的奏疏，陛下都能御覽的呢。」

這一句話看似無心之言，卻讓趙佶雙肩微微顫抖，眼眸中殺機騰騰。

沈傲不失時機地道：「陛下也不必擔心，或許中書省那邊一時忘了也不一定，畢竟蔡太師他老人家年紀老邁，有些事一時疏忽也是不一定的。」

趙佶飽有深意地看了尙書省的方向一眼，頷首點頭道：「蔡京確實老了。」隨即道：「太后那邊催問得緊，既然如此，這奏疏你現在再寫一份，就在這裏呈報給朕，朕立即下中旨吧。」

沈傲頷首點頭，就在這文景閣裏叫人拿來文房四寶，揮墨下筆，片刻功夫，一份新的奏疏作成，吹乾了墨跡，直接遞給趙佶。

趙佶看了奏疏，先是忍不住道了一句：「好字。」隨即閱覽了奏疏，突然抬眸道：「這一首詩詞，當真是王之臣作的？」

沈傲道：「是否確有其事，臣也不知道，都是些流言，亦真亦假。」

這一句話厲害，幾分鐘撇脫了自己的關係，一句流言，既沒有說是真的，又沒有說是假的，反正是真假難辨，現在就算太后不整王之臣，聯繫到中書省不遞交彈劾奏疏的事，趙佶就不可能不管了，趙佶冷笑一聲：「徹查！」

這一天，一份中旨遞出，沈傲爲主審，曾士趙宗、大理寺卿姜敏爲副審，欽命立即羈押王之臣，緝拿查辦。

在刑部裏坐堂的王之臣見到大理寺差役直衝進來，頓時嚇得面如土色，差點暈死過去；當日便拖到了大理寺，嚴密看押。

最震驚的莫過於蔡京，蔡京聽到這個消息，一下子跌坐在座椅上，只是說了一句：「這次，王之臣必死，老夫也要受他的牽累了。」

按照常規，彈劾奏疏遞交上去，中書省再呈入宮中，等皇帝有了決斷，再由中書省草擬旨意，交給門下省核實，再交尚書省執行。

這是大宋朝的正規程序，每一個環節都不會出錯；可是現在的問題是，一切都不符合常規了，奏疏遞到了中書省，中書省將奏疏壓下，原本應該是風平浪靜，可是皇帝偏偏下了中旨。

所謂中旨，就是皇帝繞開三省，另行草擬的詔書。蔡京最擔心的事還是不可避免地發生了，宮裏既然傳出中旨，那麼就說明這份奏疏雖然暫時壓下，可是皇帝仍不免通過其他的管道得到了這個消息。

直接下發中旨，從而繞過了蔡京總攬的三省，那便表明了一件事，那就是皇帝對三

省已經失去了信任，不信三省，就是不再信任蔡京。

蔡京的得勢，就是因爲得到了皇帝的信任，否則按資歷，他也排不上號，可是一旦失去了信任，意味著什麼？世上又有哪個失去了皇帝信任的宰相、首輔能夠得到善終？

蔡京沉思了一下，闔上了眼，立即叫來了家人，吩咐道：「從今天開始，老夫閉門謝客，誰也不見。叫人去三省，就說老夫病了，諸事都讓他們酌情處置吧。還有那份奏疏，立即遞交入宮，不得延誤。」

這已經是最好的辦法了，立即逃離這個坑，並且彌補自己的過錯。

可惜的是，中書省姍姍來遲地將奏疏遞上去，卻是猶如石沉大海，因爲它已經來得太晚了，等到趙佶有了動作，才將這份要命的奏疏遞上，皇帝會怎麼想，只有天知道。

沈傲一番動作，大勢已成，王之臣被捕，更是讓一部分人大受鼓舞，次日一早，雪片般的奏疏遞到了中書省，無一例外，全部都是彈劾王之臣的罪狀。

整個朝廷，又是一場腥風血雨，只是時局完全換了一個方向，舊黨分子們被壓抑得太久，這一刻爆發出來，充分發揮痛打落水狗的精神，當日就上了奏疏一百餘份。

這還只是開始，京城湊了熱鬧，外地的門生故舊們也不甘寂寞，聯絡各地的驛站一下子變得忙碌起來，八百里加急、六百里加急、四百里加急，安撫使、知府、通判，兩日之後，奏疏又增加了兩百餘份。

時局大變，風潮雲湧，以蔡京爲首，王黼等人紛紛選擇了自保，竟沒有一個人站出來爲王之臣辯護，這倒也是常理之中，誰都明白，大勢已成，螳臂當車，只會連自己也拉下水，沒有誰會拿自己的性命去開玩笑。

站在這暴風眼上，沈傲出奇的平靜，仍舊照常去鴻臚寺當值，搜集罪證的事，晉王是指望不上的，他不扯後腿就已阿彌陀佛了，最後這些干係都落在了姜敏身上，姜敏好歹是刑名出身，倒也不至於慌亂，整理了幾天，這一天正午，沈傲在鴻臚寺用罷了午飯，姜敏就來了。

將卷宗先給沈傲過目，沈傲看了看，道：「這麼多條罪狀，有幾件查實的？」

姜敏道：「查實的不少，貪瀆、侵佔田產，還有誣陷大臣，這些都有人證物證，不過這些罪名都不足以將王之臣置於死地，真正厲害的還是反詩一案。」

沈傲搖頭：「反詩是我們誣陷他的，也是用來制衡蔡京的，算不得什麼罪狀。」

姜敏道：「雖然不算是罪狀，可是只要我們一口咬定，他尋不到證據洗脫自己的罪名，這個罪名就算坐實了。」

沈傲仍舊搖頭：「栽贓只是我們的手段，不是目的，王之臣這人雖然不是好人，爲虎作倀，惡行不少，可是我們也不必去誣陷他，這是夷滅三族的滔天大罪，打倒他就是了，何必要傷及無辜？姜大人，只怕要再勞煩你一趟，將卷宗重新整理一下。」

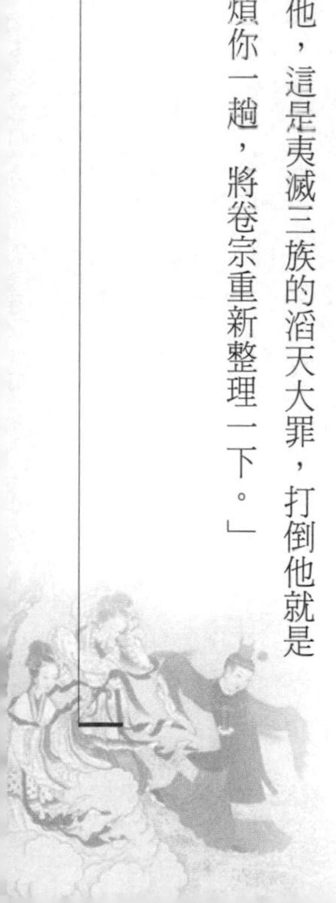

姜敏咬牙切齒地道：「沈傲，在這節骨眼上，何必要有婦人之仁，當年蔡京和王之臣，是如何排斥忠良的？太廟齋郎方軫只是彈劾蔡京一句，立即遭受蔡京報復，客死異鄉。蔡京與王之臣二人爲了討好聖意，勸說陛下建宮室，又設立花石綱，又有多少人爲了這花石綱妻離子散？我大宋財賦被他們一夥搜刮一空，以至忠臣不能發言，小人當道，一個王之臣，你何必還和他計較什麼栽贓，他們一夥人栽的贓還少嗎？我們不過是以其人之道還治其人之身罷了。」

沈傲搖頭：「他們可以無恥，我也可以無恥，他們能夠沒有底線，但是我們卻不能沒有底線，整倒王之臣，波及蔡京也就是了，這件事就這樣辦吧。」

姜敏想了想，覺得沈傲的話也有幾分道理，也不再堅持了，笑道：「想不到沈傲還有這樣的仁心，哎，我及不上你。」

沈傲難得正經地道：「我只是一個不算太壞的壞人而已，栽贓陷害只是我用來自保的手段，人就算再壞，總還要有幾分自已的原則。」

姜敏頷首點頭：「那我立即去將卷宗修改一二，沈傲，保重了。」

初三頒發中旨，初四彈劾，到了初七，這一日大風揚起，恰恰是會審之期。

沈傲手捧中旨，頭戴翅帽，身穿紫色公服，帶著欽差儀仗，到了刑部門前下馬。

上一次不知哪個混帳彈劾他騎馬，沈傲聽了，偏偏再不去坐轎了，哼，就是要天天騎馬給他看，噁心死他。

以刑部侍郎為首，刑部上下人等紛紛出來迎接，大氣都不敢出；誰曾想到，就在幾日之前，沈傲還是刑部在審的重犯，如今搖身一變，成了欽差，而刑部尚書王之臣卻是頃刻之間身敗名裂？

眼前這個傢伙，還真是得罪不起啊！刑部上下人等，心裏都惴惴不安，有幾個差役，更是曾在刑部裏與沈傲撕扯過，反剪住了沈傲的手，差點要對他動刑。如今想起來，當真是慶幸，若是那一日動了這位睚眥必報的傢伙的一根指頭，自己還有命在嗎？

沈傲只朝他們頷首點了點頭，並不理會他們，倒是走到禮部侍郎身前時，朝他微微一笑，道：「不知大人是？」

這侍郎連忙道：「下官周朗。」

按道理，侍郎和寺卿都是三品大員，這位周朗倒也乾脆，直接自稱下官了，由此可見他對沈傲的畏懼。其實他這小侍郎，在京城之中左右不靠，又沒有大樹乘涼，更沒有皇帝賞識，這輩子到了侍郎這一級也算是到頭了，沈傲就不同了，既有陛下青睞，又是舊黨幹將，年紀輕輕便已是寺卿，受封侯爵，前途不可限量。

沈傲朝他微笑道：「周侍郎，沈某在此先恭喜你了，將來高升，可一定要記得請我喝酒啊。」

周朗又驚又喜，心裏想，莫不是這個高陽侯已經從陛下那裏聽到了什麼風聲？若是真能高升一步，那可真是好極了。

尚書和侍郎，雖是只差一步，可是在部堂之中卻是千差萬別，周朗若是對尚書沒有覬覦，那是假話，只是刑部尚書一職畢竟干係不小，沒有一點背景，哪裡輪得到他？

周朗的心裏七上八下，領著沈傲進了衙堂，沈傲對這裏早已輕車熟路，當先坐在主審官的案後，姜敏已先來了，坐在沈傲的右側，這幾日他沒有睡過好覺，爲了整理王之臣的案子，忙得疲憊不堪，今日會審，反倒有些懶洋洋的。

等了片刻，晉王趙宗才昂首闊步地過來，見了沈傲，笑嘻嘻地道：「沈傲啊，近來你不甘寂寞啊。」

沈傲站起來朝他拱手，笑道：「王爺這一句，說得好像王爺最近很消停似的。今日審理王之臣一案，王爺有什麼見教嗎？」

趙宗打起了哈哈：「這可不關本王的事，你們願意怎麼審就怎麼審，本王只是代表母后一旁監督。」

沈傲本就沒有讓晉王插手的打算，頷首點頭：「好說，好說，王爺請坐。」

說罷，沈傲也隨即坐下，肅容皺眉，手中驚堂木狠狠一拍：「帶王之臣！」

三班衙役便一起用水火棍，有節奏地敲擊地面，低唱道：「威……武……」

隨即，面色慘然的王之臣被帶了上來，幾日的羈押，雖然仍舊享受士人待遇，可是他還是明顯地消瘦了不少，外頭的消息他也有所耳聞，太師那邊已經偃旗息鼓，不見動靜，王之臣心中更是慘然，心裏明白，這一劫是躲不過了。

既然是必死，王之臣終究還是有幾分氣概，他穿著家人送來的簇新衣帽，在皂吏的押解下，勉強地打起精神進來。

進了熟悉的衙堂，看到許多曾經的同僚、署吏，心裏生出萬千感慨，就在幾日前，他還坐在沈傲現在所坐的位置，俯瞰著階下，判斷許多人的生死，而今日，落地的鳳凰不如雞，他先看了侍郎周朗一眼，周朗立即將臉別到一邊去，不忍去看他。他又去看一邊的差役，這些從前總是圍著他轉的人，有的垂頭，有的朝他冷笑。

還是從前的刑部大堂，只是這裏的人都變得面目全非。

「見過晉王，沈大人，姜大人。」王之臣朝三人拱手行禮，只是臉上還保持著些許矜持，在從前的同僚面前，他實在無力去求饒哭喊，更何況到了如今的境地，就算是求饒又有什麼用？

趙宗突然拿起手中的驚堂木狠狠一拍，高呼道：「大膽，見了本王爲何不跪？」

沈傲原本也想去拍驚堂木，被趙宗一攪和，捏著驚堂木的手高懸在半空，一時無力

放下，實在無語，這傢伙還說不管事的，人犯剛剛進來，他就忍不住要插手辦案了，這算怎麼回事？大哥，你是副審啊。

王之臣不疾不徐地道：「未定案之前，下官還是士人，到了這衙堂，不必下跪，這是太祖皇帝時流傳下來的鐵律。」

王之臣對刑名之事很是精通，趙宗哪裡有他熟稔，一時無話可說，可是又覺得很失顏面，怒道：「你犯下的是滔天大罪，難道還想坐著說話？哼哼，本王在此，還有你在這兒耀武揚威的份嗎？小心自己的腦袋。」

沈傲忽然道：「來人，給王大人賜坐吧。」

沈傲的這一句話貿然出來，讓趙宗忍不住回頭看了上座的沈傲一眼，見沈傲朝他搖頭，便覺得有些喪氣，只好借坡下驢，再不說話了。

有人搬了凳子過來，王之臣欠身坐下，沈傲才開始發問道：「堂下何人？」

「刑部尚書王之臣。」

「王之臣你可知罪嗎？」

「下官知罪。」

沈傲愕然，想不到王之臣答得倒是痛快，便慢悠悠地道：「那你來說說看，你犯的是什麼罪。」

王之臣道：「謀逆反詩，下官是斷沒有的，可是貪瀆、排擠大臣、侵佔田產之事，下官認罪。」

這個時候，王之臣倒是聰明，謀逆是絕對不能認的，一旦擔下這個干係，那就是抄家滅族的後果，自己的幾個妻子、兒子，還有父母、親眷，無一人能倖免，所以只能避重就輕，打死不能認了反詩，至於其他的，他這些年隨著蔡京，也確實有許多汙點，就是全部承擔下來也無妨，大不了就是一死而已，到了這個時候，他一個人的死反倒不可怕了，至少可以保住他的那麼多至親的性命。

王之臣抬起眼眸，眼眸異常的清澈：「大人明察，反詩一案，下官確實是冤枉的，那一日我雖去了蔡府赴宴，可是並沒有喝醉，況且，以下官的才學，更不可能作出那首詩來，就請大人放下官全家一條生路吧，要流血，下官一人的血還不夠嗎？」

王之臣和沈傲都知道，這些話，自然是講給沈傲聽的，眼眸之中滿是渴求。

沈傲嘆了口氣，道：「你先將貪瀆、侵佔田產這些罪狀供認出來，到底有誰參與，侵佔了誰的田產，是什麼時候……這些零零總總的事，你一件不許拉下。來人，快記錄。」

王之臣點點頭，如數家珍地將以往的劣跡統統倒出來，如何栽贓陷害忠良，又如何侵佔人的田產，一樁樁觸目驚心，可是他說起來卻很是平靜，足足用了半個時辰，才終於說了個清楚。

沈傲點點頭，這裏頭許多罪狀，有些姜敏也收集了，有一些還是王之臣自行交代的，單這些罪狀，就足以讓他完蛋了。

等王之臣交代清楚後，沈傲朝那記錄的押司使了個眼色，押司立即拿著王之臣的自供卷，讓王之臣畫押，王之臣猶豫了一下，最後還是用手指蘸了紅泥，按了下去。

沈傲鬆了口氣道：「來，王之臣罪孽深重，剝去他的官服，待我稟明陛下，再做懲處吧。」

趙宗忍不住道：「沈大人，反詩一案爲什麼不問？」

聽到反詩兩個字，王之臣眼眸中現出一絲慌亂，無助地向沈傲那邊看過去。

沈傲咳嗽一聲，慢吞吞地道：「反詩一案，我已經暗中查實，其中疑點頗多，應當只是流言蜚語，既然沒有實據，自然也不能冤枉了王之臣。」

趙宗咕噥道：「說人家念反詩的是你，現在說人家冤枉的也是你，壞人好人你都做了，卻叫我來這丟人現眼！」說著，扭回頭去，繼續充著木樁子。

王之臣感激地看了沈傲一眼，雙腿一曲，跪下道：「王某永遠銘記沈大人的恩德，沈大人，從前若有得罪的地方，王某只能來生再報了。」

接著，王之臣被人剝去了外衫，被押了下去。

沈傲宣布結案，會同兩個副審寫了一份奏疏，連同王之臣的畫押供狀一道呈上，這才鬆了口氣，從成爲階下囚到完美反擊，這件事總算是告一段落。

當日仍免不了請趙宗吃一頓酒菜，今日教這王爺有點下不來台，該賠罪的還是要賠罪，只是雖然臉上歡笑，心裏卻仍想著心事，免不了想：「這個時候，蔡京會採取什麼手段呢？這個老狐狸已經腳底抹油，不知下一步會如何脫身出來。」

和趙宗喝了個酩酊大醉，被人扶回家中去，暈乎乎地躺下，邊上也不知哪個夫人在說：「真是的，就算要喝也不必這麼拼命啊！喝壞了身子，我們靠誰去？對了，方才有個什麼王之臣的家眷來過一趟，說感激你救了他全家，還說咱們沈家公侯萬代呢，喂，你有沒有在聽？呀，你醉醺醺的抱我做什麼？劉勝馬上要給你端水來了，讓人看見了，還教人家怎麼做人？」

奏疏遞入宮中，第二日清晨，便有旨意傳來——入宮。

沈傲輕車熟路，大清早翻身上馬，雄赳赳氣昂昂去見皇帝。

趙佶剛剛用過了早餐，還在翻看王之臣的供狀，見了沈傲來，對楊戩道：「賜坐。」

沈傲坐下，趙佶將供狀放下：「已經定案了？」

沈傲道：「定案了，就等陛下裁處。」

趙佶顯得有些不滿：「反詩的事查無實據，是不是孟浪了一些？這事非同小可，不徹查個清楚，朕心中難安。」

沈傲心裏斟酌了一下，道：「若是查下去，只怕朝廷裏許多人不安，陛下，還是算了吧。」

王之臣呼風喚雨的時候，結交的朝臣不可計數，再加上門生故吏，還有許多曲意討好的官員，真要大動干戈的查起來，不管有沒有牽涉進案子裏，難保不會膽戰心驚，這種事還是不要擴大打擊面的好，真要鬧個雞飛狗跳，宮裏也不安穩。

趙佶理解沈傲的意思，沉吟了片刻，點頭道：「人死如燈滅，判王之臣一個斬立決吧，他死了，反詩案也就沒了，朕可以給太后一個交代，你也算是報了私仇。」

沈傲大驚失色，道：「陛下，我……」

趙佶打斷他：「你不要辯解，你那幾斤幾兩，朕會不知道？」冷哼一聲，負手站起來，推開閣裏的窗戶，遙望著閣外的春景，道：「王之臣得罪了你，你由此跑到太后那裏去挑唆，這些事，你真的當朕不知道？」

沈傲這時再沒有脾氣了，苦笑道：「原來什麼事都逃不過陛下的法眼。」

趙佶深吸了口氣：「朕在試探你，你知道不知道？」

沈傲不說話，這個時候多說多錯，還是小心爲妙，他突然發覺，趙佶並不簡單，很不好糊弄。

趙佶望著遠處琉璃瓦上的殘雪，嘆了口氣道：「如果昨夜送入宮裏的奏疏，追究的是王之臣的反詩案，朕就算有萬般的不捨，也只能讓你進書畫院，永遠與朕談書論畫了，知道爲什麼嗎？」

沈傲道：「陛下擔心微臣的殺心太重？」

趙佶不置可否，笑吟吟的道：「幸好，你選擇了殺王之臣一人，這很好，看來你並不是那種睚眥必報的人。」他伸了個懶腰，回眸過來看了沈傲一眼，面帶微笑的道：「怎麼？你爲什麼不請罪？」

「微臣何罪之有？」

「你挑唆太后殺戮大臣難道不是罪嗎？」

沈傲抬頭與趙佶對視，竟是笑了起來：「王之臣該殺！」

這就是沈傲無恥的理由，因爲王之臣該殺，所以他認爲自己使用任何手段，甚至不惜去搬弄是非，寧可栽贓構陷，也不覺得有什麼負疚。

趙佶苦笑：「你就是這性子，一輩子都改不了。」隨即回到座位上：「這幾日爲了你和王之臣的事，朕也受了連累，就讓它們都俱往矣吧，朕得了一本毛玠的山水畫論，你要不要看看？」

毛玠是三國時期著名的謀士，不過對於畫師們來說，他的畫同樣極具觀賞性，沈傲連忙道：「毛玠的畫論，自然是要看的，先漢時的行書大家人才濟濟，可是畫師卻是不多，想不到毛公的畫，陛下竟收藏了。」

趙佶呵呵一笑，顯得頗有些得意，叫人取了畫論來，沈傲小心翼翼的捧起來看了開頭，忍不住嘖嘖稱奇，隨即道：

「漢人畫山水，最講究的是勢，到了魏晉，就開始著重於神了，毛玠處在漢晉交替之時，他寫的這本畫論既提出山水畫以勢爲利導，又提出同時要注重其神，這倒是頗有意思，又要重勢，又要有神，世上能做到這一點的，只怕一個人都沒有，這一本畫論雖有許多精闢之處，可是受漢晉交替的影響太大，顯得有些不倫不類了。」

趙佶眼眸一亮，沈傲只略看了開頭，便總結了書中的重大紕漏，這一點他還是認真細讀一遍才得出的結論，興致盎然的道：「沈卿以爲作山水畫該重神還是勢？」

沈傲笑道：「陛下，這很重要嗎？」

趙佶露出不解的意思看著他。

沈傲繼續道：「就如作花鳥吧，陛下看到鳥兒時，便會捉起筆來畫牠，可是陛下會想畫出牠靈動的氣勢呢，還是鳥兒蘊含的神采？」

「……」趙佶回答不出。

沈傲不由笑了起來：「真正的畫師根本不會去思考這個問題，如果是我作畫，我看著山峰，在我的眼裏，山峰是什麼，就是什麼，如果在我眼裏，山峰是老虎，那麼我的筆下畫的也應該是老虎，至於畫出來之後是重勢呢，還是重神，實在無暇考慮。」

趙佶眼光一亮：「這一句答得很好，朕早該想到的，李太白有一句叫『橫看成嶺側成峰』，這一句結合你的話，實在發人深省。」

二人品評了一會兒毛玠的話，趙佶嘆息道：「只可惜汴京有水無山，天下的名山大川都是朕的，朕卻無緣一會，實在可惜。」他似在沉吟：「上一次朕原本有話和你說，可惜太后傳喚……」

沈傲聽他這話音，立時明白了：「陛下想出遊？」

趙佶點點頭，苦笑道：「朕知道這件事難如登天，太后那邊不好交代，朝廷百官也不會答應，你的主意最多，不如給朕想一個辦法吧。」

「陛下，你這是要把微臣往火坑裏推啊！」沈傲大叫，連連搖頭：「不可，不可，這件事干係太大，出遊的用度要靡費多少？若是中途出了危險怎麼辦？總不能學隋煬帝，讓十萬禁軍，數十萬民夫隨陛下一道巡遊吧？」

趙佶道：「朕只要侍衛百人足矣，只是想看看名川大山，沈傲，朕一直拿你當作心

腹，這件事，只有你才能有辦法。」

「心腹？心腹怎麼不把女兒嫁給我？」沈傲心裏暗暗腹誹，卻只是不斷搖頭，這件事關係太大，可不是好玩的。

趙佶虎起臉來：「你若是不肯，朕只好昭告天下，嗯，怎麼寫呢，就這樣寫，朕自即位以來，膽戰心驚，如履薄冰，不敢有絲毫鬆懈，今有鴻臚寺卿沈傲者，對朕言曰：陛下萬乘之君，該當遊遍群山……」

天啊，原來話還可以反著說，沈傲瞪大眼睛，他突然發現，這個皇帝和自己接觸的太久，也學了那麼一點無賴的本事去。

「教會徒弟，餓死師父，古人誠不欺翩翩美少年，英俊多才沈郎君。這可怎麼得了？」沈傲心裏大是感慨，連忙打斷趙佶，一身正氣的道：

「陛下，我左思右想，陛下身爲天子，人中之龍，這區區汴京淺水之地，豈能困住真龍天子，陛下想去考察人間疾苦，微臣歡欣鼓舞都來不及，哪裡還敢反對？這件事包在微臣身上就是。」

沈傲的態度反差實在太大，趙佶看得目瞪口呆，心裏想：「原來一個人變臉可以變得這麼快。」笑呵呵的道：「這就是了，你來說說看，到底有什麼辦法。」

沈傲道：「最緊要的是太后，每一個人都有弱點，就是太后也不外如是。太后最青睞的是晉王，咳咳……陛下，我說這句話你不會見怪吧？」

趙佶臉色有些黯淡：「你說的是實情，晉王甚得母后喜愛。」

沈傲點頭：「其實這也不是太后偏心，爲人父母的，都想一碗水端平，陛下是皇帝，與天同壽，而晉王卻只是親王，太后偏心他也是應當的。要說服太后，陛下就一定把晉王抬出來。比如讓晉王入宮去，說他夢到哪個哪個山神，這山神說他一生蹉跎之類，之後說，只有真龍天子去某山一遊，方可化解這危厄，太后也是通道之人，晉王這般一說，這等事雖是子虛烏有，卻是寧信其有，太后擔心晉王的厄運，自然巴不得讓陛下去爲晉王化解厄運。」

趙佶眼睛一亮，道：「不錯，太后就算是半信半疑，多半爲了晉王也不會反對。只不過朕這個皇弟，哎，都是太后和朕將他嬌縱慣了，朕要他去做事，他肯定漫天要價的。」

沈傲笑呵呵的道：「太后有弱點，晉王就沒有弱點嗎？晉王的弱點在王妃身上，陛下只要對王妃曉之以理，王妃給晉王吹吹枕頭風……」

趙佶拍了大腿，眼睛更亮：「不錯，一物降一物，晉王妃那邊倒是好說話，說動了她，晉王也只能乖乖聽朕的話了。待你出了宮，這件事就交給你了，晉王妃很欣賞你，上一次入宮和賢妃就曾說起過。」

沈傲苦笑道：「陛下，我是鴻臚寺寺卿，和國際友人們打交道都忙不過來……」

「你辦好了，朕有賞的。」

沈傲眉開眼笑：「那微臣只好從百忙中抽出身來爲陛下分憂，只是微臣想問一問，賞賜是什麼？」

趙佶板著臉道：「這都是以後的事，你現在和朕說說如何對付百官。」

沈傲正色道：「簡單得很，陛下要體察民情，這就是最大的理由，不知民間疾苦，又遑論什麼治國？陛下想想看，歷代的開國之君往往精明強幹，這是爲什麼？便是因爲他們出身鄉野草莽，知曉小民的喜怒哀樂，因此往往施政時都能對症下藥，成爲一代明君，陛下巡遊，也只是防止被小人蒙蔽而已，誰反對，誰就是小人。」

趙佶道：「就怕百官以糜費太多爲由，一旦群情洶湧，朕也無可奈何了。」

沈傲望向趙佶，笑得很邪惡，慢吞吞的道：「陛下，國庫沒錢你還巡遊，莫說是百官要罵，就是微臣也看不下去。不過，我倒是有一個辦法。」

趙佶笑吟吟的道：「你說。」

第一五二章
皇帝就是這樣折騰的？

沈傲的錢財總是要上下打點，皇帝有一份，太后有一份，岳父楊公公也不能少了，還有嬪妃、宗王，打的還是為國爭光的旗幟。

原來自己忙活了半天，還以為當真為國多少增加了點兒錢鈔，皇帝就是這樣折騰的？

沈傲突然站起來，正容行禮，才慢吞吞的道：

「微臣懇請陛下裁撤蘇杭造作，取消花石綱，將花石船改爲水師艦船，如此，非但國庫豐盈，陛下出巡的用度也就出來了。」

趙佶沉著臉想了想：「花石綱能糜費多少銀子？不過是一些奇石罷了，你不要危言聳聽。」

沈傲好不容易客串了一會兒諍臣，豈肯輕易甘休，道：「陛下可知一塊小小的石頭，糜費了多少錢財嗎？」

趙佶茫然搖頭：「至多不過千貫罷了，這點錢又算得了什麼？」

沈傲冷笑一聲：「千貫？臣只知道，萬歲山上的一個石頭，哪一塊都要五千貫以上，這還是輕的，蘇州造作局運來一塊萬斤大石，沿途運過來，因爲船體吃水太深，穿不過橋洞，於是各地紛紛拆毀石橋，容石船通過之後又建新橋，單這塊大石，所消耗的錢財又何止十萬？若是加上拆橋、修橋的費用，至少也要五十萬貫以上，再加上徵用的民夫以及其他開支，便是百萬也不爲過。那些官吏孝敬皇上倒也罷了，可是他們卻是層層盤剝，變本加厲，見了民間有什麼寶物，便以花石綱的名義去豪取，天下早已怨聲載道。陛下，只要取消花石綱，微臣擔保絕沒有人反對陛下出巡。」

趙佶聽了沈傲的話，並沒有什麼反應，只是笑了笑：「這件事朕再想一想吧。」

沒反應？莫非皇帝早就知道有人層層盤剝克扣，也知道有人打著他的名義強取豪奪？沈傲明白了，對於趙佶來說，花石綱是自己的私欲，只要滿足了自己，下頭的人只要肯爲他收集奇石，其他的他無暇考慮。

這就是赤裸裸的昏君樣板啊，沈傲心裏感嘆，眼眸閃過一絲冷然，既然你無動於衷，哥只能用殺手鐧了。

「陛下可曾知道，那些花石綱的差役爲了中飽私囊，見了百姓的珍寶，便立即去貼了黃紙，向人聲稱這是陛下要的貢物，結果，這些珍玩大多落到了他們的手中。他們得了好處，可是陛下得了什麼？陛下是萬乘之君，本該受萬民的擁戴，結果卻因爲一些小人的搬弄，卻要爲他們背負千古罵名……」

沈傲還在做監生的時候，花石綱的帳目便在監生之中悄悄流傳，學生是最愛鬧事的，讀書之餘，激昂幾句也是常有的事，更何況，國子監的監生都是官眷之後，戶部的帳目也不知是誰洩出來，反正是鬧得沸沸揚揚。

穿越之前，沈傲對花石綱的印象只限於《水滸傳》的故事，當他看了帳目，真的下巴都掉下來，當時心裏就在想，哥早知如此，還開個屁邃雅山房，現在回想起來的卻是，老子糊弄了這麼多國際友人，原來撈的錢財還不如一塊石頭，失敗，太失敗。

那帳冊實在觸目驚心，一年的花費就是三千萬貫，三千萬貫是什麼概念？整個大宋，一年的歲入也不過是一億數千萬貫罷了，只這一項，天知道讓多少人就此發了家。

沈傲又嫉妒又義憤，嫉妒是必須的，敢情在造作局裏的一個差役都是身家萬貫，見了誰家有好東西，尋了上司，打個商量就可以拿著黃紙搶啊，哥爲了撈點錢，糊弄國際友人，舌頭都受內傷了，原來還不及人家一個年頭一張黃紙。

義憤也是理所當然，沈傲的錢財總是要上下打點，皇帝有一份，太后有一份，岳父楊公公也不能少了，還有嬪妃、宗王，一個都不能少，打的還是爲國爭光的旗幟。原來自己忙活了半天，還以爲當真爲國多少增加了點兒錢鈔，皇帝就是這樣折騰的？

裁掉花石綱，是大勢所趨，朝廷的國庫已經空了，這還不算，北方的遼國只有天知道能擋金人多久，沈傲可不想做金人屠刀下的斷頭鬼，不立即籌措些糧餉，還不知道怎麼死呢。

其實花石並不值多少錢，所謂的花石，要嘛就是從山裏採來的石頭，要嘛就是強取豪奪出來的，真正的消耗是在運費和貪瀆上，造作局、織造局上下，層層剋扣下來，還有沿途徵用的民夫，其糜耗之大，世所未見，只有勸說趙佶放棄花石綱，才能斬斷這些人的財路。

沈傲一番話道出，趙佶忍不住挑了挑眉，不由陷入沉思，手扶著椅柄，不斷摳著柄上的紅漆，闔著目，臉色很不愉快。

沈傲那一句話的意思是告訴趙佶，自己被人黑了，那些混帳東西中飽私囊倒也罷了，可是吃相太難看，直接四處去搶劫，偏偏打的還是皇帝的名號，結果他們得了好處，皇帝卻留下了罵名。

趙佶原本還不覺得什麼，認爲造作局那邊只要肯按時供奉，貪瀆、擾民都可以不問，可是聽了沈傲這句話，不禁勃然大怒，原來還以爲這些傢伙是爲朕辦事，原來他們順道兒連朕一道辦了。

讓皇帝背黑鍋，這就不能令趙佶容忍了，他冷笑著做出決定：

「沒這麼容易，楊戩，去傳中書省制詔，告訴他們，朕要查一查蘇杭造作局。」

所謂制詔，其實和後世明朝的票擬差不多，只不過大宋的權力一共分爲了三部分，分別是中書、門下、尚書三省，中書負責按照皇帝的意思草擬詔書，之後再將詔書送到門下省核定，最後交給尚書省執行，這三個環節，有效的制衡了相權。

楊戩應了一聲，正要去傳話，趙佶似是又想起什麼：「你回來，還是不必制詔了，直接草擬中旨吧。」

楊戩眼眸一亮，頓時明白了什麼，中旨最大的作用，是皇帝直接繞過三省頒佈自己的命令，如此重大的事卻是發中旨執行，可見陛下已經不再信任三省了。

至於爲什麼不信任三省，其實只需想一想就明白，蔡京領的是總攬三省事，不信任三省就是不信任蔡京，楊戩與蔡京從前並沒有仇隙，只是最近和沈傲攪和在一起，二人又是親戚，打斷了骨頭連著筋，不和你蔡京對著幹和誰對著幹？如今蔡京在無形之中失去了皇帝的信任，當然可喜可賀。

不過，楊戩卻一丁點都沒有表現出落井下石的快感，低眉順眼的道：「是。」

沈傲陰謀得逞，喜笑顏開，他才沒楊戩那般的矜持，喜滋滋的道：

「陛下，何必要讓別人去查辦，真叫人去查，最後也是一筆糊塗帳，反正陛下要南巡，不如陛下親自去查，哪個龜兒子貪瀆了陛下的錢，又讓陛下背了他的罵名，就把他的錢悉數抄回來，陛下做欽差正使，微臣就委屈一下，走個副使吧。」

沈傲一聽趙佶的話音，立時就興奮得臉色通紅，差點想要大叫：搶他們的錢，讓他們無路可搶。

趙佶煽動著鼻翼，拍住大腿：「好，抄他個龜兒子，沈傲，這龜兒子又是什麼典故？」

沈傲拼命咳嗽：「龜兒子就是龜兒子，哪裡會有什麼典故。」

二人商議定了，趙佶眼看就要得償夙願，很是激動，負著手來回走動，要預先暗暗安排，一會兒說護衛不必帶太多，有三百人足矣，加上各地的廂軍，誰能傷及朕？隨即又道：若是真的能成行，就要一道詔書下去，各地不必鋪張，朕只是隨意走走，若是糜費太多，朕可不依的。

八字還沒一撇，他倒是將一樁樁事交代了個清楚，楊戩只能做個應聲蟲，天知道他情急之下記住了幾條。

沈傲道：「陛下，前幾日忙得很，微臣倒是有一件事差點忘了。」

趙佶笑吟吟的道：「你但說無妨。」

沈傲便將在南京遇到旋闌兒的事說了，滿身正氣的道：「北地思宋久已，雖獻身契丹鐵蹄之下，卻仍有許多忠貞之士聽從陛下感召與契丹人周旋，陛下是不是派人與他們聯絡？」

趙佶還沒有從興奮中沉靜下來，臉上還帶著紅暈，大手一揮：「你是鴻臚寺寺卿，自然是你和他們聯絡，嗯，他們既是忠貞之士，朕也不能薄待了他們，那個首領叫什麼？」

沈傲道：「旋闌兒。」

趙佶想了想：「親賜個定遠將軍吧，將來收復了燕雲，朕還有重賞。」

定遠將軍，只是個名銜，和沈傲的那個勞什子學士都是糊弄人的，雖然只是正五品，可是趙佶一口氣就賜了個將軍，也算難得了。換作是從前，契丹人還風光的時候，趙佶別說賜什麼將軍，就是聯絡，也怕事泄而破壞了宋遼關係，只不過如今風水輪流

轉，他今日心情又是不錯，一句話便將一個遼國漢民封了官，竟連對方是男是女都不問。

沈傲驚訝的道：「陛下，又是我去管？他們可都是武夫，微臣是個文臣，如何降服得住他們？陛下好歹給個旨意什麼的，旨意上寫『奉旨交涉』之類的話，讓微臣也有個制服他們的手段不是。」

趙佶沒有察覺到自己落入沈傲的坑裏了，很大方的揮揮手：「這個好辦，朕親自給你草擬旨意就是。」

沈傲喜滋滋的道：「這就好辦了，哎呀，時候不早，微臣要告退了，陛下，能不能先將旨意起草一下，讓微臣帶回去。」

趙佶今日痛快極了，叫楊戩上了文房四寶來，親書「奉旨交涉」四個字，問沈傲還要寫什麼，沈傲嘖嘖的先稱讚了趙佶的字，笑嘻嘻的道：「有這四個字就行了，對付那些草莽，字寫的太多，反倒爲難他們去辨認。」

收了御筆親書的聖旨，正色道：「陛下，微臣能不能將這旨意掛在鴻臚寺的正堂裏，壯壯聲勢？」

趙佶不及多想，念及沈傲方才爲他出了主意，頷首點頭道：「你自己看著辦吧。」

沈傲揣著聖旨，告辭出去。

沈傲一走，趙佶便感覺到有些疲憊，精神一鬆懈，臉上的紅潤褪去，對楊戩道：「楊戩，來給朕鬆鬆骨吧。」

楊戩應下來，拿捏著趙佶的肩，正想說什麼，一個內侍卻在外頭通報，道：「陛下，蔡太師覲見。」

趙佶的眼中顯得不可捉摸，道：「他來做什麼？不是已經稱病了嗎？」

內侍道：「奴婢不知道。」

趙佶揮揮手：「叫他進來。」

老態龍鍾的蔡京一步一頓的進入殿中，這一夜，他突然之間又老了幾分，臉上刀刻的皺紋生出些許黑斑，銀髮日漸稀疏，好不容易跨過門檻，已是有些氣喘吁吁，又忙不迭的跪下，道：「陛下。」

趙佶道：「太師既然身體有恙，就多歇幾日。來，扶太師落座。」

傳報的內侍小心翼翼的將蔡京扶起來，攙他坐下，蔡京不敢去看趙佶，只是垂著頭，道：「微臣已經老眼昏花，只怕再擔不起干係，這一次前來，是來向陛下請辭的。」

蔡京雙腿併攏，雙手搭在腿上，顯得很是拘謹。至於這請辭，實在是他迫不得已選擇的下策，他在賭，自己是否當真失去了聖眷，若是陛下不再理會他，他可以安然請

辭，全身而退。可要是陛下不答應，那麼至少還有一點可以肯定，陛下還是需要他的，有了這個，這總攬三省的元老，就還有迴旋的餘地。

趙佶拿起御案上的硯臺，撫在手裏把玩，另一邊的蔡京大氣不敢出，心中惴惴不安，就等著趙佶發落。

趙佶不動聲色，蔡京也不敢催，這一對君臣合作了數十年，幾起幾落，每一次蔡京致仕，過不了兩年，趙佶又會將他召回來，他們已經有了一種默契。

只是現在，感覺不同了，趙佶把玩著硯臺，那種深沉的樣子，閃露出值得玩味的光澤的眼眸，讓蔡京感到有些陌生，君威難測，三朝元老，攬三省事，位極人臣……這些林林總總的榮耀和權柄都是趙佶給予的，在從前，蔡京能夠摸透趙佶的心思，可是現在，連他自己也不自信起來，總是感覺到手的一切隨時就會失去。

趙佶咳嗽一聲，才慢吞吞地道：「太師確實老了，朕也不忍心讓你日夜操勞……」

蔡京心裏猛然地咯噔了一下，頓時臉如死灰，趙佶說得很隱晦，可是真正的意思卻是，你不中用了，是該致仕了。

蔡京心下慘然，自己謀劃了這麼久，終於又有了起復的機會，不成想，這最後一次的機會將變成鏡中花、水中月，不由心裏唏噓，頭重重地埋了下去。

趙佶繼續道：「不如這樣吧，太師以爲衛郡公石英如何？」

石英？蔡京警覺起來，連忙道：「衛郡公品行極好，剛正不阿，老臣極是佩服。」

這一句話應對得極好，也正是蔡京老謀深算的地方，在君王前誹謗衛郡公，效果只會適得其反，不如誇獎他幾句，只是他特意用了「剛正」二字，卻是隱晦的告訴皇帝，陛下若是啓用衛郡公，要將他取而代之，就再沒有人爲陛下辦事了，至於那花石綱和生辰綱，更是想都別想，老臣自然是黯然收場，可是陛下您也不好過。

說到底，蔡京還是太瞭解趙佶的心思了，趙佶想要的並不是精勵圖強，要的不過是那不切實際、自吹自擂的豐享豫大罷了。這個世上，也只有蔡京能夠不斷突破底線去逢迎趙佶，換了旁人，又有誰能如此通曉這個皇帝的心意。

趙佶頷首點頭道：「你說得不錯，不如這樣吧，讓他兼個中書令如何？太師攬著三省，確實辛苦，他還年輕，能替太師分擔一些。」

中書省的職責更像是三省中的御史台，一方面，門下省草擬的詔書需要中書省來核定，方可頒發。另一方面，尚書省執行旨意時，中書省也有權監督。它既是門下省和尚書省之間溝通的橋梁，也是相權最大的督促者。因此在趙佶即位之前，中書令的職責還在太師之上，只有親王、公侯才可以擔任，便是從前的太宗皇帝趙光義，在即位之前也曾擔任過中書令一職。

只是在趙佶繼位之後，爲了給予蔡京方便，才一口氣將權柄全部授予蔡京，敕他爲

總攬三省事，權傾朝野，那顯赫一時的中書省也成了蔡京操縱的玩偶。

石英來做中書令，等於是在蔡京的腳下放下了一塊絆腳石，往後頒佈任何政令，也不再隨心所欲。而偏偏這塊石頭，卻是趙佶要放的，蔡京非但不能將它一腳踢開，還得老老實實地供奉著。

蔡京心中生出些許蒼涼，心中暗暗一凜，想道：「陛下已對我起疑心了。」只這一個念頭，便讓他魂不附體，全身不自禁地顫抖起來，舔了舔乾癟的嘴唇，拱手道：「謝陛下恩典。」

誰也看不出趙佶此刻的喜怒，他微微一笑，笑得有些冰冷，繼續道：「至於致仕養老的事，太師就休要再提了，朕還有許多事要你去辦，朕離不開你。」

蔡京道：「陛下隆恩，老臣不敢忘。」頭垂得更低，臉露感激之色。

趙佶道：「對了，朕決心判王之臣斬立決，太師以爲如何？」

蔡京側坐著，更是警覺起來，這個回答實在過於凶險，若是回答不可，便拂了陛下的心意。可要是欣然點頭，自己與王之臣之間的關係，陛下不可能不知道，如此無情，陛下會怎麼想？

蔡京慢吞吞地離座，一下子趴伏在地，已是哽咽起來，磕下頭道：

「陛下，老臣不敢相瞞，這王之臣乃是老臣的門生，這幾年來，老臣與他的私交一向極好，只是想不到他竟做了這麼多糊塗的事，老臣身爲尊者，讓他走了邪路，請陛下責罰，至於王之臣……」

他吸了吸鼻涕，鄭重其事的揩乾了眼淚，道：「他既觸犯了國法，天理難容，陛下如何處置，老臣不敢多言，只求陛下能留他一具全屍，老臣好爲他下葬祭奠。」

趙佶不由動容，連忙將他扶起道：「太師快起來說話，王之臣是王之臣，太師是太師，你們之間有私情，朕早有所聞，就如你的願，賜個絞立決吧，留個全屍，好成全你們的情誼。」

蔡京危顫顫地道：「老臣實在該死，在這節骨眼上還爲王之臣求情。」

趙佶大手一揮，終於露出幾分笑容：「你做得對，私情是私情，公義是公義，既不能因私廢公，可該盡的情分也不可免。」

蔡京心裏抹了一把汗，心裏輕快了一些，只覺得今日是從鬼門關裏走了一遭，若是方才回答的一個不對，陛下對自己已有了成見，往後多半要不好過了。方才那一句奏對，適可而止，恰到好處，總算是避過了一個陷阱。只是石英任中書令的事，讓他心中多了一個疙瘩，可是這個時候，也無暇他顧了。

鴻臚寺正堂，沈傲煥然一新地坐在太師椅上，悠哉遊哉地扇著扇子，汴京的天氣雖

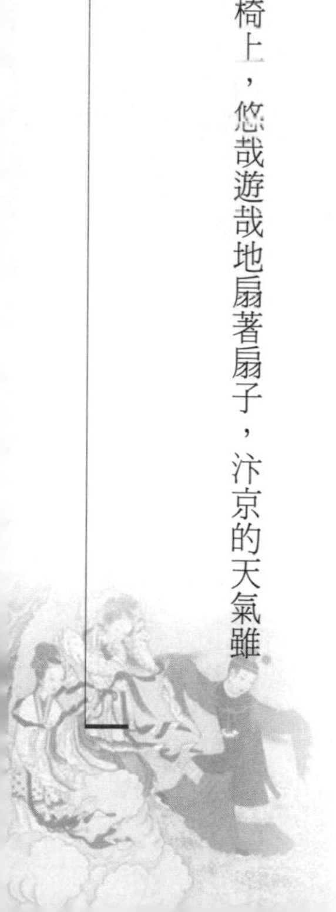

冷，衙堂裏卻是溫暖如春，四個炭盆分別落在各個角落熊熊燃燒著，以至於沈傲不得不搖著扇子爲自己帶來幾分爽意。

他翹著腿，一臉如沐春風的樣子，目光落在對面側坐的一個番商身上。這番商穿著一身的綾羅，膚色略黑，臉上飽經風霜，倒像是個常年跑海的水手，只是他一身鑲金戴玉，雖有暴發戶之嫌，卻讓沈傲看得甚是順眼，他喜歡的就是暴發戶。

這位仁兄叫塔布，也是泥婆羅人，一說到泥婆羅，沈傲便相談甚歡了，搭著塔布的肩，一個勁地說自己與泥婆羅王子是好朋友、好兄弟，兩國之間的友誼情比金堅，激情四射，經歷了時間的考驗云云。又說塔布先生不遠萬里來大宋，他一定要盡盡地主之誼，做個東道主。

塔布受寵若驚，他是跑船的，生意做得不小，從前只知道沈寺卿是吃人不吐骨頭的角色，今日一見，卻是生出了錯覺，這位大人很熱情啊，一點架子都沒有，看來流言不可信，還是眼見爲實的好。

塔布操著半生不熟的漢話連忙道：「怎麼能叫大人破費，當然是小人做東道。」

沈傲嘴角一撇：「你有這個心就好了，誰做東道都是一樣的，你我分誰跟誰？我是最喜歡結交商人的了。」

塔布連連點頭，道：「是，是，所以這一次來了汴京，見識了大宋的繁茂，小人便一定要來見見大人，與大人交個朋友。」

「你我相隔萬里，能在這裏因緣際會，這就是緣分。」

「是，是，大人一語中的。小人這一次來拜謁大人，是有些禮物和特產要獻給大人的，共是一千貫錢和一些不值錢的泥婆羅特產，請大人笑納。」

沈傲很爲難地晃著腳：「這個嘛……」

塔布以爲沈傲不收，連忙道：「大人，這禮物您一定要收下。」

沈傲繼續翹著腳：「這個嘛……」

「大人的意思是……」

沈傲嘆了口氣，指了指置於正堂牆壁上的一塊裝裱起來的行書，道：「你看看這是什麼字？」

塔布雖會些漢話，對漢字卻是不懂，慚愧地搖頭道：「請大人指教。」

「這四個字叫『奉旨交涉』，看明白了嗎？這是我大宋皇帝親手書寫的聖旨，尋常人是見不著的。」

「啊呀……」塔布打量著牆壁上的黃帛，驚訝地道：「這就是大宋皇帝的聖旨，真是失敬，失敬，只是這『奉旨交涉』四個字是什麼意思？還請大人賜教。」

沈傲很爲難地捏著衣襟，就像待嫁的小媳婦兒，竟是露出了幾分羞澀：

「這個嘛，說來話長，皇帝陛下呢，是我大宋少有的明君，可是有一樣，他最喜愛的就是各國的珍奇古玩，因此早就聽說諸位番商最是仰慕我大宋的仁德，所以呢，才寫下這聖旨，叫本官與你們交涉，若你們有什麼寶貝，大可獻上，當然，我大宋也不會虧待你們，若是合了陛下的心意，到時候，說不定還給你們每人賜一個牌匾，這牌匾可不是尋常人能得到的，那上面寫的是『國際友人』四字，有了這牌匾，諸位在我大宋做生意，豈不是更方便了許多？」

「噢，原來有牌匾送。」塔布的腦子有點亂，聽沈傲的口氣，這牌匾應該很了不起才是，可是到底有什麼用，他還是沒有明白過來。不過沈傲既然已經開了口，他連忙道：「我泥婆羅國物產雖然不豐盛，可是珍玩也是有的，哎，只是可惜得很，這一次我並沒有帶來，等來年小人回國，一定多帶些珍寶進獻。」

「噢？泥婆羅的珍寶？只是不知這珍寶價值幾何？」

塔布猶豫了一下，道：「至少五千貫以上。」

沈傲淡淡然地道：「沒帶來也不打緊，鴻臚寺早就爲你們想好了，暫時沒有帶來，是可以折現的。」

塔布眼睛瞪大：「連珍寶都可以折現？」

沈傲見他不開竅，理直氣壯地道：「當然可以折現，只要是寶貝，就會有價錢，方才可是你自己說的，要進獻五千貫珍寶給我們大宋皇帝陛下的，嗯，我先記下來，不許要賴，和大宋皇帝耍賴，後果很嚴重的。」

說著尋了一張紙，立即下筆疾書。

塔布真是無語了，心虛地道：「可是我這一來只帶來了貨物，現在貨物還沒有售出，這錢，只怕一時籌措不出。」

沈傲擺擺手：「不打緊，不打緊，既然暫時沒錢，鴻臚寺還爲你制定了一條龍服務——借貸！」

「借貸！」塔布的眼珠子都要掉下來了，噢，自己從沈傲手裏借了錢，再將錢送還給沈傲，這……

沈傲笑嘻嘻地對外頭的人道：「快，拿借據來，給塔布先生簽字畫押。」

「塔布先生，我們可要先說好，我大宋一向以信言商，講的是白紙黑字，你既要向我告貸五千貫，有些話我要和你說好。這錢，我先幫你墊著，往後呢，是每個月五分利，到時候你要還錢，可要記著連利息一道兒補上。」

「……」塔布這才知道，借了他的錢，送禮給他，居然另外還要給他送利息。

「商館裏的商人都說沈傲是沈扒皮，這一句還真是一點都沒有錯。」塔布心裏想著，背脊都被冷汗濕透了，忍不住擦了擦額上的冷汗。

第一五三章
苦肉計

明白了，這份奏疏根本就是蔡京的苦肉計，

彈劾中，將趙佶與蔡京綁在了一起，讓趙佶有一種患難兄弟的感覺，

身為皇帝，有人這樣彈劾蔡京，非但不會讓他對蔡京生出惡感，

反而會有一種更加依賴的感覺。

將人送走後，沈傲鄭重其事地將借據塞入懷中，眼看就要開春，春節將近，他也沒有多少心思去辦其他的事，籌劃著許多人得要去走動，平時的禮送往來，覺得這個年不太好過。所以這幾日他奉旨交涉，狠狠地加大了工作量，工作卓有成效，如今這過年的靡費總算出來了。

前幾日宮裏頭傳出旨意，衛郡公石英爲中書令，這個消息傳來，沈傲不由地鬆了口氣。石英在中書省，蔡京再想爲所欲爲，已是不可能了，沈傲也不必再怕他，真要鬧起來，自己加上石英、楊戩，與蔡京這老賊平分秋色也並不是難事。

有了這個消息，多少能安心過個好年，沈傲身爲大盜，知道不怕賊偷就怕賊惦記的道理，有蔡京在旁虎視眈眈，隨時等他露出破綻反戈一擊，他心裏總放心不下。可是現在不同了，蔡京敢動手，沈傲就敢掀桌子，有了魚死網破的本錢，對方自然會生出忌憚。

眼看就要到年關，沈傲還未輕鬆幾天，又被召進宮去，如今他已輕車熟路，閉著眼睛都知道皇帝在這個時辰會在哪個殿，又在忙些什麼。

趕到文景閣的時候，趙佶正在閱覽奏疏，沈傲默然地坐到一邊，不說話。

馬上朝廷就要年休，所以趙佶也開始忙碌起來，好不容易抬起頭舒展痠麻的手，看到了沈傲，便不由地笑了起來：「來了爲何不提醒朕一句。」

沈傲道：「陛下在處理國政，微臣就是再放浪，也不敢打擾的。」

趙佶頷首點頭，露出幾分欣賞，突然覺得沈傲也不完全是個楞子，至少還分得清輕重，知道什麼時候可以胡鬧，什麼時候不可以胡鬧，便擱下朱筆，笑道：「朕有話和你說，朕要巡遊，打算帶安寧去。」

沈傲愣了一下，臉色呆滯，不作聲。

趙佶沉眉道：「你為何不說話？」

沈傲道：「陛下，按道理，安寧應該下嫁給微臣了，咳咳……陛下先別發火嘛，這是你自己頒佈的旨意，誰勝出，只要帝姬點了頭，便是乘龍快婿，微臣勝也勝出了，帝姬該點的頭也點了，我和安寧……」

沈傲本想說，我和安寧情投意合，激情四射，可是到了嘴邊，又覺得太露骨，只好噤聲，再不敢說了。

趙佶嘆息一聲道：「你若是沒有妻子，朕倒是真想讓你做朕的快婿。天家的顏面要緊，朕什麼事都可以答應你和安寧，只是這件事，朕卻是不肯的。」

沈傲道：「陛下真的什麼事都肯答應微臣？」

趙佶看著他：「你少又想耍什麼心機，朕和你說了，安寧也要隨朕去散散心，朕現在告訴你這個，是讓你老實一些，不要有什麼非分之想。」

沈傲心裏想：「非分之想是什麼?陛下，我很純潔的啊，這種話我一聽就臉紅。」

正說著，那一邊有人過來道：「太后請陛下去景泰殿。」

趙佶站起來，道：「不知又是什麼事，沈傲要不要隨朕去看看？」

沈傲點了頭，二人到了後庭，離著景泰殿很遠，便聽到有人號啕大哭，趙佶和沈傲面面相覷，加快腳步進去，大是汗顏。

這大哭之人正是晉王趙宗，趙宗趴在太后的膝下，哭得昏天暗地，欲生欲死，太后的手搭在他的背上，只是不斷安慰，可是趙宗的性子卻很會來事，太后越是沒轍，他哭得越是厲害，大有一副孟姜女哭倒長城的氣概。

沈傲下巴都要掉下來了，不知這位兄台演的又是哪一齣！

太后見趙佶進來，便立即擦了眼淚勸慰趙宗：「你皇兄來了，有他在，自會護著你的，你不要再哭了。」

「噢。」趙宗突然抬起頭來，吸了吸鼻涕，一下子變得無比正經，若不是那臉上千萬道淚痕，誰會想到方才他還哭得死去活來。

趙佶朝太后行禮道：「母后，不知發生了什麼事讓兒臣過來？」

太后道：「你坐下來，哀家問你，若是你嫡親兄弟有事，你肯不肯幫他一把？」

趙佶道：「這是自然，朕只有這麼個胞弟，他雖然愛胡鬧，可朕斷不會不管他的。」

太后對這個答案頗爲滿意，頷首點頭道：「這就是了，實話和你說吧，昨夜趙宗做了一個噩夢。」

「噩夢？」趙佶愣了一下，與沈傲對視一眼，沈傲朝他頷首點頭，趙佶心下瞭然，沈傲已經去找過王妃，這一次倒不是趙宗無故生事，而是趙宗奉了王妃的使命來演戲的。

不過趙佶和沈傲都有點兒苦澀，演戲而已，有必要這麼拼命嗎？

「母后，不知晉王做的是什麼噩夢？」

太后吁了口氣，道：「他夢見了廬山的山神，說是山神告訴他，他只有三年的陽壽。除非真龍天子去廬山祭神，方能爲他續命。陛下，他是你的嫡親兄弟，你們也是一塊兒長大的，我這個爲娘的也不便說什麼，陛下救不救他，自己思量吧。」

趙宗在旁道：「母后，你還有一句話漏了說，天子去祭神還不夠，孩兒也要隨天子一起去才行的，山神說了，要我也去禱告，念九十九遍的金剛經。」

沈傲頓時無語，原來這趙宗也想趁機出去，按道理，親王宗室是不許出京的，上一次逃出京去，還差點引來大禍呢！

趙佶又喜又憂，喜的是沈傲的計策已經實現，只是帶上趙宗，他心裏很是忐忑，有這麼個愛胡鬧的皇弟跟著，不知要惹來多少是非。

「母后，既是事關皇弟的性命，朕豈能莫不關心……」

沈傲在旁打斷道：「陛下三思，若是陛下出巡，只怕會引起朝廷非議。」

太后慍怒道：「這事關晉王性命，就是朝廷非議也是沒有辦法的事，沈傲，這件事你不許反對，否則哀家不會饒你。」

沈傲笑呵呵地道：「臣當然不會干涉反對，可是會有人反對啊，到時候讓陛下背著一個罵名，就大大不妙了。不過，微臣倒是有一個辦法……」

趙佶連忙道：「你說。」

沈傲想了想，道：「不如讓太后下一道懿旨，就說要讓陛下出京爲她去廬山一趟還願，如此一來，陛下出京，便是遵守孝道，就算有人反對，又能如何？百善孝爲先，我大宋以孝治天下，陛下更應該垂範百世是不是？」

趙佶眼眸一亮，想不到沈傲臨陣磨槍，一下子又想出如此妙策，一旦太后發出懿旨，自己半推半就，非但可以理直氣壯地出京，也絕不會在史書中留下罵名，這個孝字，是絕對無人可以悖逆，比所有道理都大。

太后道：「這個倒是好說，哀家這就發一道懿旨下去。」

沈傲苦笑道：「太后也不必如此心急，總要年關過了再說，大過年的跑到廬山去，那可大大不妙。」

太后想了想，雖是憂心如焚，卻只好點頭：「沈傲說得也有道理，依我看，沈傲也可以總攬三省事了。」這一句話雖有幾分說笑的成分，也是對沈傲的一句獎掖。

沈傲只是訕訕地笑，心裏想：「這句話若是讓蔡京那老狐狸聽了，非氣死他不可。」

理清了宮裏的糊塗帳，沈傲出了宮，過了幾日就是年關，今年和往年不同，如今他已經有了家室，算是獨門獨戶，該採買的都要捉緊著去採買，還有親眷、師生、同窗、同僚之間的往來也得惦記著，所以這兩日，寺裏的事他都丟給了寺正去做，自己則一門心思去嘗試做個稱職的一家之主。

好在劉勝那邊有幾分經驗，一些要做的事都會提醒幾句，蓁蓁、若兒、唐茉兒三人也沒有閒著，都來幫襯幾下，倒是有幾分模樣了。

沈傲最放心不下的是杭州的春兒，春兒一人在杭州打理生意，隔三差五會送些書信回來，只是單憑這些報喜不報憂的書信，沈傲對她的境況也只是一知半解，便叫了兩個家人，帶了些年節的東西和書信去探望。

「大過年的也不回家，哎，原來春兒的事業心竟是如此重。」沈傲搖搖頭，很是擔心了一番。

到了年二十九，有人拿了拜帖來，沈傲一看，竟是曾歲安的，與曾歲安已有一年多沒有相見，沈傲大喜，親自去迎了曾歲安進來。

曾歲安滄桑了幾分，也比從前成熟了不少，一年多推官的經歷，讓他溫柔的眼眸多了幾分銳利，見了沈傲身上穿著的紫服和腰間的金魚帶，便是笑吟吟地道：「哎，早就聽說沈兄已是潛龍入水，今日一見，歲安當真慚愧。」

沈傲把著他的臂膀，道：「慚愧個什麼，快進來說話。」

二人小聚片刻，沈傲才知道曾歲安這一次進京並不打算走了，據說他這一次的功考只是個良，只是這個功考，外放的話應該還是原地踏步，很難看到升遷的希望，至少還要再熬三五年才成，所以曾文便想著將他調入京中，乾脆先做京官，再想辦法尋找升遷途徑，畢竟曾文是御史中丞，也算是一號人物，安排兒子再就業也不算什麼難事。

只是曾歲安這般的才子，落了個判官，如今灰溜溜地回來，頓覺面上無光，所以這一次回京之後，並沒有四處去走訪，只想起了沈傲，想和沈傲敘敘舊。

沈傲只有安慰他：「曾兄的才學自是沒話說的，只是這才學若是去做推官實在是浪費了，進京好，總比窩在外頭強。」他想了想，又道：「若是曾伯父還沒有爲曾兄辦好調任的事，我倒是可以幫你想想辦法，曾兄乾脆到鴻臚寺來，你我合力，強強聯手，把我們崇高的事業坐大。」

若是曾歲安知道沈傲所謂的崇高事業是什麼，估計跳汴河的心都有了。

在現在的曾歲月的眼裏，鴻臚寺倒是頗爲吸引人的，慚愧地道：「讓沈兄笑話了。」

「有什麼可笑的？」沈傲板著臉道：「每個人各有所長，你做不好推官，就做不好其他事嗎？半年前，我還在杭州任縣尉，還不是沒有寸功？這件事就這樣說定了，我尋個時機入宮和陛下說一說。」

古人過年和後世的過年並沒有什麼不同，都是從臘月開始忙「年事」，一直到過了元宵，這年才是過完了。

只不過宋人的規矩畢竟多點，其中祭祀成了最重要的一樁，所以在年三十，沈傲帶著家中的男丁先是祭了灶，所謂祭灶，便是祭祀灶王爺，這位神仙品級不高，可是實用，人要活就要吃飯，沒灶是不行的。祭祀的用品也簡單，不過是酒糟、飴糖、糕餅之類的物品。

給灶王爺上了香，沈傲對著灶台發了會愣。讓他真去說什麼灶王爺保佑之類的話，他是說不出口的，不過，也不必腹誹人家，這裏畢竟不是舉頭三尺有衛星的年代，要注意形象。

之後便是和一家大小一同吃年夜飯，原本按規矩，家主是坐一桌，其餘的下人分開來吃，這規矩沈傲不喜歡，他也不怕做出什麼驚世駭俗的事來，做人就要隨心所欲，今天怕這個，明日忌諱那個，那便不是沈傲了。於是他一拍板，府裏上下只要沒有告假回鄉的，大家坐在一起，好好吃喝一頓。

沈傲的做派，上下都是習慣了的，反正他總能做出一些別人難以想像的事來，倒都是由著他，這讓沈傲感覺一家之主的感覺確實不錯。

到了子夜，沈傲興沖沖的要去放鞭炮，提著火石和爆竹到了府門，三個夫人在裏頭捂著耳朵看，待那聲聲爆竹響起，沈傲喳喳呼呼跳起來，立即向三女追去，三女嚇了一跳，自是各自捂著耳朵逃之夭夭。

到了初一，對聯便貼起來，沈傲親自動的筆，自然非同凡響，只不過有一件事，倒是教沈傲犯了難，須知大年初一是要祭奠祖先的，尋常的大戶人家，都會在宅院裏設下宗祠，偏偏沈傲在前世就是孤兒，到了這個時代，更是四六不靠，沒有宗祠，祭奠個什麼祖先？

他沒辦法，只好先糊弄著再說，尋了個牌匾，寫上沈傲先祖靈位，獨自一人走了個過場，才算是鬆了口氣，心裏不由想：「我不知道自己的祖先是誰，可是將來我要成千千萬萬人的祖先，咳咳……這個難度有點大，不過有句老話不是說的好嗎？苦心人天不負，這播種傳宗的大業可不能耽擱了。」

心裏亂七八糟的想著，便要開始拜年了，拜年的習俗由來已久，最早在漢代便已流行，群臣在正月正日這天要進宮朝拜，君臣同樂，只不過到了大宋，官場拜年則發展成虛文的禮節，往往是「望門投刺」，不管認不認識，叫下人送去名刺，說幾句吉利話，就此糊弄過去也就是了。因此，這拜年也成了官場中較勁的武器，誰得的名刺多，便說明此人地位不低，且聲望卓著，若是得的名刺少，多半這些人都是某個生冷衙門裏的散官，大過年的也要受人白眼。

沈傲心裏有點兒發虛，若是名刺接的少了，明日有人問起，臉皮還真拉不下，不過越是這個時候，他反倒表現出了幾分灑脫，只是敦促下人們去投遞名刺，同僚、同窗、故舊、好友，還有一些同黨，先投哪個，再投哪個，名刺中的每一句話，都有規矩，只是這規矩，沈傲卻不能破壞，該稱下官的稱下官，稱後進的說後進，你要是再不要臉一些，還可以門下晚學生。你的臉皮已經厚到城牆這種地步的話，你還可以自稱是「門下沐恩走犬」之類。

這些規矩還只是個開頭，複雜的還在後頭，帖子的顏色也是有講究的，比如下級送給上級，用的是青色底殼，門生初見老師，用紅綾製底殼等。這些規矩不能亂，否則人家看了：好你個沈傲啊，你平時不消停，連過年都來消遣老夫，你還叫人活嗎？

半個上午過去，沈傲裝作無事的樣子灑然地與幾個夫人在後園喝茶，劉勝興沖沖的來回跑，這邊說表少爺又來了幾封名刺，一會兒又來說，衛郡公的名刺到了，這麼一來一去，沈傲心中大定，心情爽快無比，笑嘻嘻的向周若吹牛：

「看到了你夫君的厲害吧，這就叫交際，別看你夫君平時只和番商打交道，可是在朝廷裏還是很吃得開的，大家都很喜歡你的夫君，主要還是夫君的品行好，所謂修身、齊家、治國，不管是做人還是做官，修身是很重要的事。」

他拍打著扇骨暗暗得意，其實他不知道，除了一些同黨、同僚、好友，有相當一部分送名刺來的官員是將他當作了瘟神，惹不起啊，爲了省點麻煩，這位沈寺卿的名刺千萬不能省，寧可不去太師府上送，也千萬別得罪了他，天知道這傢伙又會玩什麼花招，連王之臣這樣的部堂大佬都吃著牢飯隨時準備赴死了，照照鏡子，自己的脖子還真沒有王大人的脖子硬朗。

雪花般的名刺就這樣飄過來，到了正午，已超過了一千封，只要是在京城裏混的，還真沒有幾個有勇氣不將他當一回事的。

沈傲正得意的功夫，劉勝又跑來了一趟，這一趟臉色有些古怪，拿著一封大紅名刺，道：「表少爺，這封名刺你看看。」

沈傲正咀嚼著糕點，立即站起來，接過名刺翻開看看，落款之人卻是蔡京，名刺中只有寥寥一語──君萬安。

這只是一張言語最平常的名刺，可是透露的訊息卻讓沈傲猜不透，自己和蔡京之間，按道理是一點交情都沒有，莫非是蔡京要向自己示好？

想來想去，一時也想不清了，便吩咐道：「拿一張名刺去蔡府吧，蔡京怎麼寫，我們也怎麼寫，他寫君萬安，我就寫上君福祿。」

劉勝應下，立即去準備了。

沈傲重新坐下，蓁蓁道：「夫君，這蔡京送名刺來做什麼？我早聽說過他，此人最是狡詐，能洞悉人心，夫君與他有嫌隙，可要小心為妙。」

沈傲恍然大悟，道：「我知道蔡京這老賊為什麼送名刺來了。」

唐茉兒方才也是陷入沉思，抿著嘴笑道：「夫君說說看。」

沈傲拍著額頭，很是苦惱的道：「老賊大過年的送名刺來，表面上盡了禮節，卻是存心要噁心我，讓我過不了這個好年的。想想看，若是大過年的，你的政敵送來了名刺，不管換作是誰，這心裏總會覺得有些疙瘩，會忍不住去想，這份名刺到底是什麼意思，又有什麼隱喻，名刺的背後會不會有什麼陰謀，這樣一想，這年還過得下去嗎？老賊啊老賊，這一招算計實在厲害，得了便宜還攪亂了人的心志，叫人連過年也不安生。」

唐茉兒嫣然一笑，小心的剝著橘子，道：「哪有這麼厲害，或許人家只是想盡盡禮數也不一定。」

沈傲正色道：「茉兒的心地太善了，不知道人心的險惡，方才蓁蓁說得對，蔡京最精通的是洞悉人心，他能屹立數十年不倒，與他心細如髮分不開。」他哈哈一笑：「所以要化解他的手段就是不去理會那名刺，讓爲夫好好陪著你們過個年。」

說到得意處，唐茉兒掰下個橘片給他，沈傲一口塞下，吱吱唔唔的道：「可惜春兒不在，她一個人在杭州，總是叫我不放心。」

周若兒和春兒關係是最好的，也不由道：「是啊，早知該叫人將她在年前接回來，天大的事也等過完了年再說。」

一直忙到下午，各種名刺已是堆積如山，斬獲頗豐，沈傲心情大好，正在他得意時，劉勝又來了，到了沈傲身邊，肅然道：「表少爺，有公公來傳聖旨了。」

「大過年傳聖旨？」沈傲腦子轉不過彎，心裏想：「什麼事這麼重要，莫非又是巡遊的事？」

沈傲滿腹疑惑，帶著家人到了門口，中門已經開好了，擺上了香案等一應物事，眼瞧著那公公一眼，有些心不甘情不願的拜下。

傳旨的公公吊著嗓門道：「制曰：鴻臚寺寺卿沈傲，春節即日，普天同慶，朕……

身為人臣……汝可懷報效之心乎……」

沈傲的家人們一聽，那大過年的喜慶頓時被人澆了一盆冷水，這一份聖旨他們算是聽明白了，皇帝說春節就在今天，普大同慶，所以皇帝也非常高興。這一句話也沒什麼，可是話鋒一轉，卻又說等了許多臣子來上賀表，看了許多的吉利話，更是心花怒放。可是呢，皇帝雖然很高興，卻發現沈傲你的賀表居然沒有呈上，朕左等右等，卻落了一場空。

最後就是破口大罵了，你身為人臣，沐浴皇帝恩德，心裏可曾有過報效之心嗎？你這個人品德低劣，實在可恨……

聽到這裏，所有人都惴惴不安起來，這份聖旨可真夠長的，單罵人的篇幅就佔據了百字以上，按聖旨裏所說，表少爺真是十惡不赦，壞到了極點。許多人閃過了一個念頭，心裏想：看來表少爺這次大劫難逃了，至少也是要流放的。

不過太監最後一句話，倒是教所有人鬆了口氣，皇帝罵得差不多了，最後的意思是，立即進宮，向朕賠罪。

「進宮賠罪……」這個年，看來不太好過了。

雖是開春，天氣還沒見轉暖，接了聖旨，沈傲縱有萬般的不願，卻不得不騎上馬，

進宮去了。

宮裏頭的春節氣氛反倒顯得黯淡幾分，雖添了幾分喜慶，卻仍是莊重肅穆，趙佶一人獨自坐在講武殿裏，祭太廟時穿的袞服還未換下，只是呆呆地坐著，看著殿柱出神。

楊戩也換了一身新衣，拿著拂塵，正在清理金殿上的灰燼。

沈傲進來，朗聲道：「臣大理寺卿沈傲特來請罪。」

趙佶莞爾一笑，道：「既是來請罪，就要有請罪的樣子，你看看你，連公服都不穿，過來吧，別和朕來虛的。」

沈傲心裏暗暗腹誹：「說東也是你，說西也是你，好的壞的都讓你說全了，大過年的你吃撐了來罵人，還叫不叫人活？」走到金殿上，也不客氣，直接道：「陛下叫微臣來，不知有什麼事要吩咐？」

趙佶嘆了口氣，點了點案上的一份奏疏，道：「你來看看吧。」

沈傲頷首點頭，翻開奏疏一看，脊背立即涼了一片，只感覺後頸處冷風嗖嗖，偷偷看了趙佶一眼，趙佶的臉色如常，可是這淡然的背後，卻讓沈傲一時摸不透了。

「臣聞求木之長者，必固其根本；欲流之遠者，必浚其泉源；思國之安者，必積其德義。……人君當神器之重，居域中之大，不念居安思危，戒奢以儉，斯亦伐根以求木茂，塞源而欲流長也。凡百元首，承天景命，善始者實繁，克終者蓋寡。豈取之易，守之難乎？……怨不在大，可畏惟人，載舟覆舟，所宜深慎。今陛下創花石綱，窮凶奢靡，任用奸邪，朝堂上下，烏煙瘴氣，曠天下之未有也……」

這是一封彈劾奏疏，彈劾的不是別人，第一個對象就是趙佶，先是和他說一番大道理，隨即話鋒一轉，便指出趙佶窮凶極奢，享欲無度。

彈劾的第二個人，卻是蔡京，說蔡京只知道逢迎皇帝的欲望，罪大惡極，要皇帝下罪己詔，幡然改過，並且立即追究蔡京的罪過，否則……彈劾者在最後加了一句威脅：陛下聞隋煬之禍乎？

這一句話的意思是，陛下可曾聽過隋煬帝的典故嗎？如果不聽我的勸諫，陛下離隋煬帝的命運也不遠了。

沈傲深吸口氣，看了奏疏的署名，上面寫著：同知樞密院事劉暢。

「劉暢？」沈傲眼眸中閃過一絲疑惑，這位老兄平時並不出彩，沈傲只見過他一次，據說他和高俅頗有交情，而高俅雖然不是蔡京的走狗，卻也是他的同黨。這個時候劉暢出來彈劾蔡京，莫非是高俅和蔡京之間發生了內訌？

沈傲闔著目，發覺官場之中實在詭譎，每天都會有不可思議的事發生。他想了想，又看了一遍奏疏，便看出奏疏中有一個很大的漏洞。

這個漏洞就是，劉暢既然要對付蔡京，爲什麼要連趙佶一起拉下水？須知彈劾這種事，當然是打擊面越小，成功率越大，可是你要連皇帝一起彈劾上，這成功的希望就渺茫了。

其實這種事想想就可以了，就好像是裁判一樣，你罵罵對方的球員倒也罷了，可是罵對方球員還不過癮，連帶著裁判一起痛罵一頓，如此一來，這不是硬生生地將裁判推到了自己的對立面？

明白了，這份奏疏根本就是蔡京的苦肉計，劉暢上疏彈劾，十有八九就是蔡京指使的。道理很簡單，這樣一份奏疏給趙佶看了，第一個反應是什麼？當然是勃然大怒，站在皇帝的立場上，皇帝自然會想，朕不過是喜歡一些奇石異木，也要你來指指點點，你又算是什麼東西？就這樣便成了隋煬帝，真是豈有此理。

更重要的是，彈劾中，將趙佶與蔡京綁在了一起，讓趙佶有一種患難兄弟的感覺，身爲皇帝，有人這樣彈劾蔡京，非但不會讓他對蔡京生出惡感，反而會有一種更加依賴的感覺，原來有了蔡京，朕才能有今日的享受，也真是難爲了他，爲了討取朕的歡心，不知在朝廷中受了多少詰難。

沈傲放下奏疏，終於明白，這是蔡京在第一場較量之後，試圖重新站穩腳跟的一個手段，現在趙佶對他已有了幾分不滿，要穩住自己的基本盤，才出此下策，來了一個以退爲進的把戲，表面上自己受了彈劾，可是真正得益的卻是他。

果然是老狐狸！

沈傲已經有了判斷，卻不得不佩服蔡京的手段，玩陰謀詭計，蔡京足以做任何人的祖師爺了，一份看似對他不利的奏疏，只怕現在已經成了他自保的手段，有了皇帝對他的同情，原先皇帝對他產生的不快，很快就可以煙消雲散。

趙佶看著沈傲，道：「沈傲有什麼看法嗎？」

沈傲放下奏疏，道：「胡言亂語，陛下若是隋煬帝，那他劉暢是什麼？至於蔡太師，更是我大宋的頂梁柱，對陛下忠心耿耿，此人一定是妒忌蔡太師，陛下不必理會就是。」

趙佶深有同感地點頭道：「罷了，朕不去管他，跳梁小丑，理他作甚。」他臉色又變得深沉下來，眉宇之間佈滿了陰霾，又拿起一份奏疏，遞給沈傲道：「你再看看這份奏疏。」

第一五四章
步步驚心

所謂一朝被蛇咬，十年怕草繩，聽到沈傲來了，
蔡京便有點步步驚心的心顫，雖說他識人無數，
可是偏偏他越是心機深沉，就越是對沈傲的舉動大惑不解，
像他這樣的人，怎麼會相信沈傲是真心拜訪？

沈傲不知趙佶今日是怎麼了？一個鴻臚寺寺卿，卻好像成了太師一樣，大過年的陪著皇帝看奏疏，還有完沒完？雖是不情願，卻還是撿起奏疏來。

這一份奏疏倒不是涉及彈劾的事，乃是江南西路轉運使江炳的奏疏，江炳掌管著漕運，又是花石綱最忠實的執行者，想必皇帝要清算蘇杭造作局，早已給他透露了風聲。

作爲皇帝的表兄，江炳的表現確實狡猾，立即上了一份奏疏，矛頭一轉，便開始對蘇杭造作局開炮了，什麼同僚，什麼一條線上的螞蚱，皇帝要整你，江炳當然是立即脫身，從原來的蘇杭造作局的保護傘，一下子變成了打黑先鋒。

這份奏疏很中肯地談及了許多蘇杭造作局的弊端，比如觸目驚心的貪瀆，還有擾民之事，當然，江炳也少不得爲自己辯解幾句，坦言自己確實得了好處，可實在是迫不得已，直白一點說，就是他是被人逼著蹚了這趟渾水的，他是好孩子，很無辜。

「這個江炳，倒是最會察言觀色，佩服，佩服。」沈傲心裏忍不住讚嘆一聲，不由想：「能在趙佶跟前混得風生水起的人物，看來都不簡單。」

不過江炳也不是完全只會見風使舵，本事倒還有幾分，奏疏後面的內容則是提及了蘇杭造作局之後的許多利益糾葛，比如江南各大家族的利益，還有許多一些朝堂中人在這裏撈取的好處。總而言之，這鍋飯不是他江炳和造作局在吃，一旦砸了鍋，阻力很大。所以江炳的建議是蘇杭造作局可裁撤，不可徹查。

最後這一句意見，倒並不是江炳怕引火焚身，實在有其苦衷，裁撤也就罷了，讓大家吃不著，雖然心裏癢癢的，可是陛下開了金口，誰還敢說什麼？可是徹查就不一樣了，這裏頭牽連的人實在太多，天知道這裏頭有多少人不乾淨，真查起來，牽一髮動全身，天知道會捅出什麼窟窿。

沈傲抬起眸來看著趙佶，想聽趙佶有什麼意見。

趙佶雙眉一挑，道：「你不必看著朕，說你的看法。」

沈傲想了想道：「換作是微臣的性子，就是打破了砂鍋也要查出個究竟來，這些人在江南欺君罔上，那些萬貫的家財，現在也該吐出來了。」

趙佶道：「就怕涉及到朝廷，到時候尾大不掉。」

沈傲笑了笑：「只要陛下下了決心，又有什麼尾大不掉的？普天之下莫非王臣，莫非他們還敢造反不成？」

趙佶想了想，嘆了口氣道：「那就查，朕倒要看看，他們到底蒙蔽了朕多少事，不過要查，也不容易，江炳的奏疏寫得明明白白，就算朕親自去，這些人就是一塊鐵板，很難找到他們的罪證，朕倒是有一個主意。」

沈傲心虛了，有了主意？喂，你這樣看著我做什麼，莫非是教我去給你打前鋒？這可不妙，吃力不討好啊。

趙佶道：「朕打算年後，便讓你到造作局中兼個差事，你光明正大地先去了蘇杭，朕隨後就到，到時裏應外合，不怕他們能翻起天來。」

沈傲苦笑道：「陛下，微臣最近身體有點不適，能不能……」

「不能！」趙佶語氣堅決，隨即又安慰道：「朕能相信的，唯有你一人而已，這一次你深入虎穴，若是辦得好了，朕一定給你重賞。」

沈傲道：「莫非陛下要將帝姬……」

趙佶瞪了他一眼：「不許再提此事。」臉色又緩和下來：「若是你真的辦好了，朕或許可以考慮，哎，安寧的身體是越來越差了。」

沈傲也一時黯然起來，這一對君臣坐在金殿上大眼瞪小眼，都不約而同地沉默起來。

大年初一挨了罵，到了初二總還是要給人好臉色看，從宮裏回來，各種應酬紛遝而至，連沈傲這種玲瓏的人物都抵擋不住了，勉力支撐了一陣，只好尋了個由頭躲了幾天清閒。

大宋朝的京官，但凡有些權勢的，這個時候，各路各州的冰敬、炭敬也差不多來了，可惜沈傲掌管的鴻臚寺，不問內事問外事，地方官見了他都是繞著路走，所以這等好事也輪不上他，只能看著別人吃肉，自己只能喝著鍋裏的粥。

沈傲調整心態，雖然心裏酸酸的，看到隔壁的兵部侍郎府上人流如織，也只是心裏腹誹幾句。

就這樣清閒了幾天，該去拜訪的人還是不能少，衛郡公、岳丈、還有幾個老師，便是蔡京，沈傲也不能落下。

這倒不是沈傲想和蔡京玩什麼和解的把戲，實在是藝考時，蔡京做了主考，沈傲身爲考生，還是連續幾個藝考狀元，算起來還是蔡京的門生。沈傲只認國子監的岳丈和博士是他的老師，再加上個陳濟，至於那科考的所謂老師，他是不屑一顧。

不過在拜謁周正、唐嚴的時候，這二人倒是叮囑他，該去的還是要去，不要惹人非議。沈傲回頭一想，也好，去噁心噁心這老狐狸，他不是大過年的送了帖子來嗎？哥哥也給他故布疑陣，看他如何應付。

沈傲做事，一旦打定了主意，非要轟轟烈烈才甘休，於是到了初七，清晨起來便穿了紫色公服，又叫了周恆、鄧龍等人帶著一夥無事的禁軍來充場面，前面叫人敲鑼打鼓，後頭有人舉著各種牌匾，沈傲騎著高頭大馬被人簇擁著，徑直往蔡府過去。

蔡京年歲大，所以起得較晚，那一邊一個主事過來將他叫醒，蔡京睜開眼時，頭仍

是暈沉沉的，很是不悅地穿了衣，道：「是什麼事這麼慌慌張張？」

這主事道：「沈……沈傲來了，就在幾里之外，一炷香功夫就到，說是來給太師拜年。」

「拜年？」蔡京打了個機靈，和沈傲甫一交鋒，他已經不敢再小窺這楞小子了，此人表面上瘋瘋癲癲，可是每件事的背後都飽有深意，上一次王之臣的事，自己就差一點陰溝裏翻船了。

「他來做什麼？」心裏雖是震驚，蔡京依然保持著一副漫不經心的樣子，叫來小婢端來溫水漱了口，慢悠悠地由人扶著在廳中坐下，心裏驚疑不定。

蔡京和沈傲，是天生的死對頭，沈傲大張旗鼓地來，定是來者不善。所謂一朝被蛇咬，十年怕草繩，聽到沈傲來了，蔡京便有點步步驚心的心顫，雖說他識人無數，早已是成了精的人物，可是偏偏他越是心機深沉，就越是對沈傲的舉動大惑不解，像他這樣的人，怎麼會相信沈傲是真心拜訪？

喝了口茶，蔡京鎮定了一些，道：「去開中門吧，叫蔡條去迎他進來，不要失了禮數。」

主事立即應命去了。

鑼鼓喧天之中，沈傲翻身下馬，一步步拾級而上，跨過門檻，便看到一個四十有餘的紫服官員迎過來，拉住沈傲的手：「沈寺卿的風采，老夫早有所聞，今日一見，果然非同凡響。鄙人蔡絛，家父已在屋子等著了，沈寺卿不必客氣。」

沈傲看了這人一眼，笑嘻嘻地道：「噢，不知老師在不在，門生是特來給他拜年的。」說著握著蔡絛，道：「蔡大人近來都在家中嗎？怎麼學生在朝堂裏一直沒有見到？」

蔡絛臉色羞紅，不知沈傲是當真不知還是故意給他難堪，只是嘆了一句道：「家門不幸，沈寺卿還是先請進府吧。」

這一路過去，沈傲和蔡絛攀談，蔡絛許是在家裏待得久了，蔡京也不願意和他說外頭的險惡，更不知道這位沈傲便是父親最大的敵手，只是見沈傲備了許多禮物來探視，心裏倒是有幾分好感，況且沈傲談吐得宜，讓他大開眼界。

蔡府的宅院九進九出，每隔幾步便是一道牌坊，亭榭長廊一眼望不到盡頭，所以這一路過去耗費的時間不少，蔡絛雖是客氣，可是臉色總是有些陰鬱，他路走得慢，越是見沈傲這般意氣風發的樣子，心情就越是沉重。

這一幕被沈傲捕捉到，便道：「怎麼？蔡大人為何屢屢嘆息，汝父是當朝太師，你如今也有了官身，府裏上下僕從成群，家財萬貫，蔡大人若是再哀嘆連連，還叫不叫別人活了？」

蔡絛忙道：「沈寺卿難道不知道？」

沈傲是當真的不知道，疑惑道：「不知道什麼？」

蔡絛搖頭不語，沈傲不好再問，便隨蔡絛到了正廳，蔡絛先進去通報，沈傲拉來後頭的周恆，問他：「這蔡絛的事，你知道嗎？」

周恆立即眉飛色舞地道：「整個汴京還有誰不知道的？蔡絛是蔡京的從子，在他的上頭還有一個兄弟叫蔡攸，這個蔡攸也是個了不得的人物，在朝中也曾呼風喚雨，很受陛下寵信。只是這兩年他與童貫一起去了邊鎮做副宣撫使，所以姐夫並沒有見過他。

蔡攸雖然深得陛下寵幸，受封太傅，可是與蔡京的關係並不好，和蔡絛更是早已反目成仇。所以早在數年前，他就屢屢攻訐蔡絛，甚至勸徽宗殺了蔡絛，陛下不忍，只令蔡絛停職待養，不得干預朝政。所以蔡絛只能靜養在家，雖然蔡京已經貴爲太師，卻再無入朝的機會了。」

沈傲恍然大悟，難怪那蔡絛會說上一句家門不幸，這倒真有意思，蔡京這老賊的兩個兒子，一個和他勢同水火，一個被大兒子構陷，再沒有入朝的機會，這一大家子當真是千奇百怪。

沈傲眼眸中閃過一絲亮色，隨即屏住呼吸，一臉的道貌岸然，等到蔡京叫他進去，他三步併做兩步地快步進門，見到蔡京，立即深深一躬：「學生見過太師。」

蔡京渾濁的眼眸在沈傲身上打量兩眼，露出笑容道：「沈傲，快坐下說話，老夫年紀老邁，不能親自遠迎，就怕慢待了你。」

沈傲笑呵呵地道：「太師太客氣了，晚生愧不敢當。」

說著言不由衷地和蔡京閒聊起來，他越是漫不經心，越讓蔡京摸不著頭腦，心裏想：這個沈傲，到底是來做什麼？

沈傲說到興頭處，朗聲道：「前幾日我進宮去，恰好陛下請我看奏疏，那奏疏倒是和太師有幾分干係。」

蔡京聽到趙佶給沈傲看奏疏，心裏泛出酸楚，臉上還是保持著如沐春風的笑容道：「哦？陛下在年節時也閱覽奏疏嗎？想必這奏疏的干係一定重大。」

沈傲道：「正是，這奏疏乃是一個叫什麼劉暢的人上的，咳咳，他上疏彈劾了太師不少罪狀。」

劉暢本來就是受了蔡京的指使遞的奏疏，所以蔡京一聽，就知道沈傲所言非虛，含笑道：「只是不知陛下的氣色如何？」

沈傲奇怪地道：「問題就在這裏，陛下看了奏疏，只問了我怎麼看，我身爲太師門生，當然不敢說太師的不對，陛下也只是笑了笑，說理它作甚。」

蔡京微微頷首，趙佶的反應早已落在他的算計之中，沈傲的描述一點也沒有錯。

蔡京只笑笑道：「老夫爲政多年，得罪一些人也是常有的事，倒是有勞沈傲了。」

沈傲繼續道：「此外，微臣還看了一份奏疏，這份奏疏就有意思了，上疏的乃是副宣撫使蔡攸。」

聽到蔡攸二字，一旁側立的蔡絛頓時打起精神，看了父親一眼，見蔡京笑吟吟地道：「噢？攸兒也上疏了嗎？」

沈傲道：「這蔡攸上疏，只問了兩件事，一件是問太師的身體如何。哎，真是奇怪，問自己父親的身體卻問到了皇上那裏，爲什麼不寫一封家書來問，那不是更方便嗎？」

蔡京臉色微變，心中又開始猜測沈傲的意圖，另一方面，對蔡攸，他也有幾分警覺，這個時候，他上疏來做什麼？

蔡絛忍不住道：「沈寺卿，家兄的第二件事說的是什麼？」

沈傲更是古怪地道：「第二件事就更奇怪了，說的卻是蔡絛蔡大人的事，只不過我只看了一半，太后就叫皇上和我過去，所以後頭到底寫的是什麼，學生並不清楚。」

蔡絛臉色大變，前幾年蔡攸在皇帝身邊的時候，屢次請陛下誅殺自己，天知道這次又是來向陛下吹什麼風，陛下很是寵幸這蔡攸，若是真聽信了他的話，自己非但仕途遭遇了挫折，連身家性命都難以保全了。

蔡京很是鎮定地捋鬚，臉色顯得更是蒼老了幾歲，頷首道：「噢，老夫知道了。」

他雖然只是雲淡風輕地點了個頭，內心卻是翻江倒海，沈傲為什麼要來這裏說這個，他這一趟的目的到底是什麼，這些問題不想清楚，他便總是放不下心來。還有那逆子，這個時候上疏，卻又是打了什麼主意？莫非真要置蔡絛於死地才肯干休嗎？

沈傲見火候差不多了，便起身告辭。蔡京頷首點頭，對蔡絛道：「絛兒，你去送送沈傲。」

蔡絛臉色更差，點了個頭，心不在焉地帶著沈傲出去，一路上滿腹的心事，沈傲在一旁笑道：「蔡大人，你和你的兄長有嫌隙嗎？」

蔡絛臉色大變，道：「沈寺卿為什麼說這種話？」

沈傲笑道：「你不必再隱瞞了，其實昨日那封奏疏，我全部都看過了，只是在太師面前，後半部提及你的事不便向太師提及，省得這大過年的讓太師擔心。」

蔡絛小心翼翼地問：「不知家兄在奏疏中說了什麼？」

沈傲笑吟吟地道：「請誅蔡絛！」

「啊……」

「不過你也不必擔心，陛下說了，看在太師的面上，雖然你罪大惡極，卻還是不忍心，所以只是對我說，蔡絛這個人雖然可殺，朕卻不能殺了他。」

蔡條臉色舒緩了幾分，咬牙切齒地道：「罪大惡極？我一個待罪家中的犯官算得上什麼罪大惡極，倒是家兄，哼，他的罪孽還少嗎？單只與家父反目一條，就已是大不孝了。」

沈傲笑吟吟地道：「蔡大人還是不要高興得太早，今日陛下不忍受你兄長的挑撥殺了你，可總有一日太師也有撒手……」沈傲識趣地頓了頓。

這句話的後半句應該是：「你老子遲早要完蛋的，現在陛下不忍殺你，是因爲你老子還在的緣故，可是等你老子死了，你還能活嗎？」說到底，蔡京畢竟已經老邁不堪，沒幾年活頭了。沒了太師這棵大樹，你死定了。

蔡條冷聲道：「我也不是這麼好欺的，他要殺我，也沒有這般容易。」

沈傲只是笑笑，道：「這倒是沒有錯，不過我若是蔡大人，一定未雨綢繆，趁著太師還在，先下手爲強。」

沈傲這種人一向是唯恐天下不亂，人家兄弟反目成仇，他真是心裏樂開了花，恨不得煽風點火，立即拿把棒槌來交在蔡條的手上，叫他去和兄弟拼命。

只是對蔡條來說，沈傲的挑撥，反而讓他覺得沈傲親切了幾分，道：「沈寺卿可有良策嗎？」

他也算是病急亂投醫，兄長要殺他，也不是一天兩天的事了，早些年爲了這個事，他就差點人頭落地，沈傲方才的那句話確實沒有錯，一旦父親不在，自己失去了依靠，那心懷不軌的親兄弟要殺他，還不是像捏死螞蟻一樣容易？先下手爲強，倒也不失爲一個明哲保身的辦法。

沈傲朝蔡絛笑笑，笑得很木訥，這是自然的，你要是笑得太奸詐了，魚兒還肯上鉤嗎？所以說，越聰明的人越要懂得大智若愚的道理，你不傻一點，人家也不敢信你。

「辦法只有一個，除掉蔡攸！」

這一句話嚇了蔡絛一跳，除掉家兄？不是他沒有想過，兄弟到了他們這份上，弒兄也算不得什麼事了。只是這樣的事，他是想都不敢想，黯然搖頭道：「蔡攸身爲太傅，深得陛下寵幸，又坐鎮一方，除掉他……難，難如登天！」

「世上無難事，只怕有心人。」沈傲淡淡然的說了一句，顯得高深莫測起來：「現在倒是有一個時機，就不知蔡大人肯不肯去做？」

望著這個紫袍少年，讓蔡絛一時分不清這人到底是何方神聖，他被禁足在府中，被皇帝嚴旨要在家中閉門思過，因此不得外出。因爲這位二老爺的波折仕途，府中上下都不肯和他說外界的消息，怕他聽了黯然神傷，所以眼前這位蔡絛，就如一個完全封閉了幾年的無頭蒼蠅，哪裡知道外界的變化，更猜測不出沈傲的身分。

只不過方才沈傲去見他的父親，蔡京那一副不敢小覷的模樣，蔡絛已經料定，此人

絕不是一般人物，更何況，一個少年穿著三品以上的紫袍，可見他的官運已是亨通到了駭人的地步。

還有沈傲方才談及與皇帝一起看奏疏，只這一條，就讓蔡絛覺得此人不簡單。

「沈寺卿能否見教嗎？」蔡絛聲音有些顫抖，一個念想在他腦海中稍閃即逝，除掉了他的兄弟，非但性命能夠保全，早晚有一天，父親只要肯去通融，自己官復原職就算不巴望，至少也不必永遠圈禁在這洞天裏。這樣一個機會，不可多得。

沈傲笑道：「你來，我告訴你一個秘密。」

二人到了一條長廊，坐在扶杆上，沈傲正色道：「實話和你說了吧，陛下要南巡。」

「南巡？」

「去蘇杭，徹查蘇杭造作局。」

「鄙人還是有些不明白。」

沈傲咳嗽一聲，看來這位老兄政治頭腦還是不夠，換作是蔡京，只要聽了這消息，多半就已經猜測出該誰倒楣了，只好循循善誘的道：

「蘇杭造作局是誰的地盤？」

「你是說童貫？」

看來還不笨，孺子可教。沈傲笑道：「這造作局便是童貫領了欽命親自去江南創建的，裏頭佈滿了他的眼線，現在雖說他去了邊鎮，可真要查起來，童貫能脫得了干係？」

蔡絛恍然大悟：「我明白了，家兄與童貫關係最爲緊密，他們二人在邊鎮，一個宣撫使，一個副宣撫使，早已同流合汙，只要攀咬出童貫，家兄也在劫難逃了。」

「就是這個道理，你想想看，陛下親自南巡去整頓造作局，不管揪扯出誰來，此人還能得到陛下的寵幸？歷來失寵的臣子，又有哪個能得好下場的。」

蔡絛明白了，眼眸中閃過一絲光澤，這一絲光澤有屈辱，有陰狠，有數年的壓抑不安，更有極欲破土而出的躁動，猛拍大腿道：「沈寺卿，我明白了，只是這件事要從長計議，沈寺卿要我做什麼？」

沈傲笑了笑：「大人可要想清楚，我要你做的是天大的事，一旦事洩，你這身家就不保了。」

蔡絛看到了希望，嘴唇也不禁顫抖起來，猶豫了片刻，惡狠狠的點頭：「你說。」

沈傲道：「簡單，你立即派一個家人，去尋童貫。」

蔡絛呆了呆：「尋童貫做什麼？」

沈傲笑了笑：「僞造一封你父親的書信給他。放心，書信的事我來解決，只是需要

借用蔡府的封泥和印章。」

蔡條想了想：「家父只怕不肯。」

沈傲哂然一笑：「這件事若是讓你父親得知，只怕你的死期就不遠了。」

「沈寺卿這是什麼話，家父最是偏愛……」蔡條大怒，瞪著沈傲，眼眸中閃過一絲疑心。

他話說到一半，沈傲厲聲道：「你還不明白嗎？雖然令尊與令兄反目，可是真要危及到令兄生死的時候，令尊下得了手？到時候只要他捏捏手指頭，這天大的機會也就煙消雲散，現在令尊再疼愛你，又有什麼用，只要你一日下不了除去令兄的決心，你就必死無疑。」他值得玩味的補上一句：「什麼時候死，也不過是時間問題罷了，你自己權衡吧。」

蔡條無力的嘆了口氣，沈傲的話直擊他的心坎，讓他無可反駁，只好道：「只是不知道沈寺卿在信中打算寫什麼。」

沈傲倒也坦誠，道：「我要以令尊的名義告訴童貫，陛下打算派出欽差，徹查造作局，要讓他知道此事的嚴重性。」

「啊……」蔡條訝然失聲道：「這豈不是洩露了天機？」

沈傲搖頭：「這叫打草驚蛇，童貫看了信，首先要做的就是撇清關係，可是他撇得清嗎？所以他只能有另一個選擇……負隅頑抗！」

蔡絛笑道：「我明白了，他認爲自己要負隅頑抗的只是個欽差，所以一定會不擇手段，可是若發現來人卻是皇上，他後悔也已經晚了，陛下見他如此張狂，哪裡還能容得下他，如此，童貫必死無疑。」

沈傲頷首點頭：「童貫完蛋，令兄也撇不清關係。當然，我還有事要你去做，你聽我的吩咐，我一定讓你如願。」

蔡絛警惕的望了沈傲一眼，道：「沈寺卿爲什麼要幫我？」

沈傲笑了笑，道：「幫你就是幫我自己，楊戩就是我的岳父，你現在明白了嗎？」

蔡絛這時再無疑慮了，楊戩是誰？是宮內的寵宦，至於童貫，也很受陛下寵幸，這二人一個在內，一個在外，卻畢竟是同行，所謂同行是冤家，一山不容二虎，這其中的明爭暗鬥，天知道有多激烈。

只不過，一個太監的女婿……這件事還是先打聽下來才好。

將沈傲送出去，蔡絛呆滯的望著他的背影，一時五味雜陳，也不知眼前這人是否可信。隨即叫來了府裏的主事，板著臉問：「沈寺卿有個岳父？」

主事猶豫了一會兒：「有三個，一個是祈國公，一個國子監祭酒，還有一個是楊戩楊公公。」

這個回答教蔡絛始料不及，揮揮手：「我知道了，滾吧。」

等他回到客廳，看到父親還在那兒愣愣的想著心事，一臉惆悵痛苦，卻又不敢去問。蔡絛以爲父親是想起了那個狠毒無比的兄長，正生著悶氣，其實他哪裡知道，眼下對蔡京來說，還有更加讓他費解的事需要去琢磨。

這個沈傲，來到這裏，說了這些話，到底隱喻著什麼意思？他已到了古稀之年，身子骨越來越差，如此左思右想，整個人彷彿蒼老了十幾歲，劇烈咳嗽幾聲，搖搖頭，卻是一嘆，道：「後生可畏啊，原來他是故意來給老夫氣受的。」

蔡絛還以爲父親說的是蔡攸，便道：「父親何必要和那不孝子生氣，他既然過他的，我們也過我們的，我現在和他雖有兄弟之名，可是這兄弟的情誼算是盡了，他要是再來惹我，須知我也不是好惹的。」

蔡絛難得說一次重話，這一刻說出來，心裏舒暢了幾分，壓抑了這麼多年，在府裏頭趾高氣昂，可是談及那兄弟卻是唯唯諾諾，幾年來冷暖自知，早已恨得牙癢癢了，如今有了機會，有一種發洩的快感。

蔡京搖搖頭，不可置否的看了蔡絛一眼，闔目仰躺著後墊，又是深思起來。

第一五五章
先禮後兵

「怎麼？沈傲收了禮嗎？」

馮鹿喜滋滋的道：「收了。」

蔡攸頷首點頭：「收了就好，不過，這沈傲一向刁鑽慣了，

收了禮也不一定會替咱們遮著。

看住他，他若是敢有什麼動靜，咱們就先禮後兵了。」

這一邊和蔡絛做了約定，沈傲的底氣總算足了，興高采烈的回到府裏去，在家裏候著旨意，終於過了元宵。

到了一月十六，這一日清晨，便有公公來了，旨意倒是很乾脆，沈傲放浪不羈，輕慢天家，罪無可恕，但是念你頗有才學，因此暫去鴻臚寺寺卿，任蘇州造作局監造，立即赴任，不得延誤。

沈傲接了旨，心裏很悲催，這是趕鴨子上架，逼人去做抓耙子啊，接了旨意，對公公道：「公公，你能不能去告訴陛下，這鴻臚寺寺卿能不能爲我先騰著，這寺卿學生做得很過癮啊。」

換作是別人，居然敢提出這種惡俗的要求，公公早就一腳將他踹到天邊去了，可是沈傲卻不是別人，這公公給他臉子看，明天就要受別人的臉子了，笑嘻嘻地道：「好說，好說，其實來時就陛下就說了，這鴻臚寺離了沈監造那可不行，有楊公公在宮裏頭，沈監造怕個什麼？」

沈傲立即大喜，叫人拿了一張錢引往公公的手裏塞，眉開眼笑的道：「謝公公吉言，這錢公公收著，有空去喝茶。對了，回了宮替我向楊公公問個好。」

待那宣旨的公公走了，沈傲便回到後園去，三個夫人自然都有些不捨，周若道：「這才剛回來過了個安生的年，卻又要走，好好的寺卿做得好好的，卻又去做什麼監造，這聖意真是難測。」

沈傲瞪著她：「夫人，你說話真是太隱晦了，不就是想罵官家？要罵就罵，沒什麼大不了的。」

周若卻不敢罵，只是道：「你看看你，做人家的臣子，還慫恿人家罵自己的君上，真是悖逆。」

「該罵就要罵，明君都是罵出來的，我也是為了官家好，他要知道我的良苦用心，一定很感動，所以我決定，每日睡覺之前，都要罵他三遍。」沈傲搖搖頭，忠心耿耿的樣子深情望向皇城方向，一張臉繃得緊緊的，活脫脫一個屈原在世。

風沙漫漫，汴京已是開春，可是在這熙河，卻是黃沙漫捲，朔風冷冽。西北重鎮的熙河路治所，既沒有江南西路的繁茂，更無京畿的堂皇，街道上四處都是執戈的軍士，在這漫漫長夜裏，不斷的呼叫著口令。

宣撫使府邸燈火通明，一個個將佐在舉行會議之後紛紛出來，或是在府外三五成群的聚在一起竊竊私語。

宋遼議和，金夏卻也綁在了一起，熙河城地處西夏要衝之地，戰事隨時可能再起，因此這幾日，各種軍事會議一次次的敦促各路駐軍隨時提防生變。

宣撫使童貫治軍嚴謹，在軍中威望甚高，再加上各處駐點嚴防死守，倒也不至於倉促。將佐們笑談片刻，便紛紛牽馬領著衛兵各自回營。

宣撫使大廳，燭光搖曳，燈火忽明忽暗，童貫雙目炯炯有神地看著手中的書信，他的面色黝黑，一眼看去，陽剛之氣十足，頸下一部漂亮的長鬚，哪裡像個侍宦？燭火影射在他的幽深瞳孔裏，閃爍著詭異的光芒。

童貫放下書信，中氣十足地道：「太師來信了。」

一旁翹腿坐著的，乃是副宣撫使蔡攸，蔡攸面白無鬚，雖是年紀不小，卻是鬆鬆垮垮的樣子，完全被酒色掏空了，嘴角上總是掛著似笑非笑的表情，很有玩世不恭的感覺。

他淡淡然地笑道：「哦？信裏說什麼？」

童貫瞥了蔡攸一眼，瞳孔的深處，頗有些對蔡攸的蔑視，只是含笑道：「陛下要徹查蘇杭造作局。」

蔡攸噢了一聲，漫不經心地道：「查就查吧，誰敢查出什麼名堂來？事關著這麼多人飯碗，玩不出什麼花樣的。」

童貫搖頭：「這一次不同，欽差是沈傲。」

「沈傲？」蔡攸這一下不再漫不經心了，沈傲這個人他雖沒有見過，可是在這熙河，雖是距離汴京有千里之遙，消息卻是極為靈通，這個人的聖眷不在他蔡攸之下，更可怕的是，他還得到宗王公侯和楊戩的支持，便是那梁師成，也吃了他一記大虧，再也翻不起身來，面對這樣的新星，蔡攸不得不防。

蔡攸冷哼一聲，道：「莫非是沈傲與楊戩串通，要整治你我嗎？」

童貫只是闔著目，他心裏清楚，造作局雖是他搭起來的臺子，可是真正打擂臺的人卻是不少，就說這蔡攸，每年從造作局裏撈了多少進項，也只有天知道。還有那楊戩，好處也沒有少了他，楊戩和他其實並沒有冤仇，怎麼突然就來這麼一下？

童貫遲疑了片刻，道：「真要查出什麼來，如今你我都不在京師，怎麼編排，那也是別人的事，陛下要是聽了有心人的挑撥，你我鞭長莫及，都是死罪。」

蔡攸惡狠狠地道：「誰擋了我們的道，就一腳踢開他，我就不信，一個小小的沈傲，竟敢招惹到我們頭上來，我們可不是梁師成，不會坐以待斃。」

童貫冷哼一聲，卻是不理會蔡攸，對這個傢伙，童貫是從心底的鄙視，童貫領軍多年，雖說是從造作局起家，從而得了聖眷，可是這一路走來，能有今日的地位，乃是他一刀一槍拼殺出來的，數十年的征戰，他出生入死，才有了這個前程。反觀這位蔡副使，卻是個草包，除了討好逢迎，耍弄些陰謀詭計之外，並無一分本事。

縱是如此，童貫還是不得不和他廝混在一起，他是個聰明的人，這樣的小人非但不

能得罪，還得餵飽了，所以這些年，造作局的銀子嘩啦啦地流出來，蔡攸賺得金玉滿盆，油水被他搜乾剮盡。

「既然不能坐以待斃，就要先下手爲強，得先有人去蘇杭一趟。」童貫說出自己的意圖，乾舔著厚唇道：「我是走不開的，戰事隨時可能起來，我不在這裏，怕會出大事。」

這一句的言外之意再清楚不過，蔡攸看了童貫一眼，心裏滿是腹誹，卻還是點點頭：「那我就去一趟，四百里加急，爭取五日之內抵達蘇杭，沈傲這個人，我倒是想見識見識。」

「這就好極了。」童貫露出笑容：「蔡大人，這一趟你要小心，沈傲不是好惹的。」

蔡攸撇撇嘴：「兔子急了還會咬人，他要敢動真格的，我叫他回不了汴梁。在這邊關待得久了，領軍打仗的事我沒悟出什麼來，就學會一個道理：有些事若是太麻煩，就抹了他的脖子，一了百了。」

童貫不可置否，慢吞吞地去喝茶：

「這是最後的手段，最好的辦法還是拉攏他，成了一條線上的螞蚱就好辦了。據說這個沈傲，也不是個不沾腥的貓。只要肯下水，我們也不能慢待了他。」

蔡攸笑了笑：「就怕他志不在此，童經略放心，我自有主張的。」

童貫正坐著，渾身散出說不出的彪悍之氣，道：

「不過真要動手，要務求一擊必殺，一個遲疑，就是彌天大禍！這沈傲，其實本官倒還欣賞他幾分，也是個有幾分本事的人，不過他欺到我的頭上來，我也不能輕饒了他。」

沈傲一路南下，這一次仍是帶著周恆、鄧龍兩人，自從有了出使的功勞，再加上背後有人給他們打點，他們也是一路官運亨通，如今都已是都虞侯，一行人領著禁軍，順水而下，帶著旨意直往蘇州。

到了蘇州，直接下船，便有蘇州上下官員前來迎接，爲首的是個太監，名叫馮鹿，一眼見到沈傲，就巴巴地走過去，拉住沈傲的手，死死地不鬆開，道：

「這一趟沈監造來，蘇州造作局蓬蓽生輝，鄙人是造作局督造，你我將來就是同僚，若是有什麼照顧不周的地方，沈監造萬望海涵。」

沈傲嘻嘻笑道：「哦，我聽說過你，你就是那個誰誰誰嘛，嗯，久仰久仰。」

哪個誰誰誰啊？這句話馮鹿不敢問，只是笑呵呵地道：「碼頭上風大，咱們還是進裏面說吧。」

到了造作局，沈傲安頓下來，躲到屋裏便開始寫密旨，按照他和趙佶的約定，沈傲是來打前站的，先一步到蘇州，等趙佶南巡在蘇州會合，署理了蘇州的事，再一路遊山玩水，在各地轉上一圈。

不過沈傲的行程，還要老實通報，沿路發生了什麼事，遇到了誰誰誰，都要寫詳盡，每日一封密疏上去，隨時向趙佶通報情況。

至於那馮鹿，將沈傲迎到了造作局，寒暄幾句，便招呼沈傲住下，隨即一人獨自到了後園一個偏僻屋子，在屋外躬身道：「大人，咱家來了。」

「進來吧。」

馮鹿小心翼翼地推門進去，只見裏頭一個人半坐半臥在榻上，兩位容顏妖媚，衣袂飄飄的美人分別倚在左右，燕語鶯聲地勸酒添菜，這人正是蔡攸。

蔡攸在馮鹿面前倒是一點避嫌的意思也沒有，狠狠地在右邊美人兒的腰上捏了一把，笑嘻嘻地看著馮鹿，道：「人接來了？」

「接來了。」

蔡攸是昨天到的，比沈傲早到一天，雖然熙河離蘇州更遠，可是四百里加急一路不停的過來，比起沈傲那慢悠悠的行船快了不少。昨天休息了一日，蔡攸精神奕奕，今日便叫了兩個蘇州名妓來伺候著。他舒服地仰在一個美人的胸脯上，臉上帶著不以爲然：

「沈傲說了什麼？」

「什麼也沒說，全是些客套話，本來咱家還想套些話出來的，可是這人滴水不漏，不是說天氣，就是說旅途的事，大人，此人不簡單啊。」

「我知道不簡單，若是簡單，叫你這奴才去敷衍他不就是了，我何至於從熙河趕到這裏來？咱們先別急，先試試他，明天備下禮物送過去，禮物要厚重一些，不要小氣，先看看他收不收，若是他收了，這件事就好辦了。」

馮鹿頷首點頭：「禮物都已經備好了，這人咱家也早就打聽過，他最是愛財，不但自己在外頭有生意，在鴻臚寺時也很不乾淨。」

蔡攸頷首點頭，笑嘻嘻地將手探入左側美人的衣裙裏去捏弄，惹得那美人兒吃吃地大笑不止，咬著唇兒，妖媚更甚。

蔡攸熱血上湧，朝馮鹿道：「你下去吧，我不便露面，所以外頭的事，還要你看緊了，隨時來通報。滾吧！」

馮鹿不敢耽擱，看了摟住兩個美人俯身下去狂啃的蔡攸一眼，心裏忍不住有些唏噓，總是覺得這個蔡大人，實在有那麼一點兒不太牢靠，這是掉腦袋的事，蔡攸竟還有心情玩樂，嘆了口氣，立即替蔡攸掩上門，快步走了。

「備禮的事還要斟酌，沈傲那種人，沒準兒還瞧不上呢！」馮鹿咬咬牙，邊走邊想

著，既然要送，就來一次狠的，只要沈傲收了禮，這事兒就成了，也不必再擔心害怕。

打定了主意，他立即叫來個差役，道：「去，隨時給我看著那個沈監造，他有什麼風吹草動，立即回報，還有，不要讓他發現了。」

蘇州的天氣比之汴京要暖和許多，春暖花開，萬物復蘇，沈傲的宅院正中幾棵梧桐開出新芽，春風一吹，搖曳作響。

一大清早，陽光從烏雲中綻放出來，沈傲舒服的伸了個懶腰，隨便叫人拿了點糕點來吃。直到現在，他這個監造還只是個掛名，天知道監造的職司是什麼，反正造作局那邊不來叫他公幹，他也沒興致去沒事找事。

院子裏鄧龍耍著刀，正在教周恆刀法，這二人興致勃勃，都有一種蓬勃的朝氣，喝哈不停。

沈傲看著他們，仰躺在從屋裏搬出來的太師椅上，手中的扇子搖啊搖，不由嘆口氣：「果然是歲月催人老啊，看到這些年輕人，就是不一樣。」隨即哼著小曲兒，半躺著養神。

到了上午，太陽越來越毒辣，鄧龍、周恆揩了一身汗去浴房洗澡，庭院裏驟然靜謐下來，只有一兩聲雀兒的嘰喳聲，前頭有人來報：

「造作局督造馮鹿馮公公下了拜帖，說要給大人問安。」

「問安，問個鬼安。」沈傲呼啦啦的坐直：「他這個督造比我這個監造還大個半級，我當得起嗎？去告訴他，來問安就算了，我不見，也不敢見，他要是屈尊來見我這個下官，就進來吧，不要客氣。」

來人回去轉告，過不了多久，馮鹿就笑嘻嘻的來了，拱拱手：「沈監造好清閒。」

沈傲皮笑肉不笑，連做戲的功夫都沒有了，道：「馮大人不必客氣，我是個隨便的人，早在京城的時候就是這樣。你隨意坐，大人無事不登三寶殿，有什麼話，就敞明了說。」

馮鹿忍不住道：「沈監造痛快，那咱家也不瞞你，這一次咱家來，是來送禮的。」

「送禮？」沈傲喜笑顏開，立即站起來：「禮在哪兒？馮大人早點說嘛，這讓下官怎麼好意思。」

馮鹿見他這般，笑嘻嘻的道：「就在府外頭，整整一大車子。實話和大人說了吧，這些禮物都不簡單，哪一件都價值萬貫以上，咱家也打開窗來說亮話，這是沈監造應得的，此後，每年還有孝敬。」

馮鹿話音剛落，直愣愣的盯住沈傲，要看他到底有什麼反應。

沈傲搓著手，笑嘻嘻的道：「無功不受祿，這個……這個……馮大人太客氣了。」

朝往這邊過來的一個禁軍擠擠眼，道：「去，將外頭的東西搬進來。」

馮鹿大喜，他就怕沈傲不收禮，只要收了禮，雖說費了許多錢財，卻也值得，對沈傲更加熱絡幾分，道：「沈監造痛快，從此往後，咱家和沈監造可要同舟共濟了。」說著和沈傲寒暄了半個時辰，才興沖沖的告辭，又到了蔡攸的住處，通報一聲。日上了三竿蔡攸才剛剛起來，摟著榻前的兩個美人兒肆意捏了一把，才在婢女的伺候下穿上衣衫，臉色很差的走出去對馮鹿道：「怎麼？沈傲收了禮嗎？」

馮鹿喜滋滋的道：「收了。」

蔡攸頷首點頭：「收了就好，不過，這沈傲一向是刁鑽慣了的，收了禮也不一定會替咱們遮著。看住他，他若是敢有什麼動靜，咱們就先禮後兵了。」

馮鹿愣道：「怎麼，還不保險？」

「保險？」蔡攸冷笑：「馮公公，你這督造是當糊塗了吧，這世上最難測的就是人心。就是我爹，我也不敢說個保險二字，不過也不必怕他，他要是敢弄出么蛾子，我當即取了他的性命。」

馮鹿聽蔡攸這般的說辭，心裏倒是對蔡攸高看了幾分，這蔡大人也不全然是個草包。問道：「他既是監造，又暗暗負著欽差的差遣，要取他性命，只怕並不容易。」

蔡攸伸了個懶腰，笑嘻嘻的道：「我自有辦法。」他見馮鹿一頭霧水，忍不住笑了起來，叫人上了茶，請馮鹿到小廳裏坐下，道：「我也不瞞你，你的那些禮物還沒有送過去的時候，我已經叫人放了些東西。」

「放了東西？」

蔡攸翹著腿兒，端著茶咕嚕嚕的喝乾，那剛剛睡醒的睏意一掃而空，整個人變得精神了幾分：「世宗在的時候，隨身有一枚印綬，這印綬非同小可，在周時，足以與玉璽媲美。周世宗在位的時候，許多聖旨都是用這枚印綬加蓋的。後來咱們的太祖皇帝接過了柴家的江山，那枚印綬也就不見了蹤影，只不過恰好落在了我的手上。」

馮鹿道：「莫非印綬已經悄悄夾雜在禮物之中，送給了沈傲？」

蔡攸哂然一笑：「這件印綬非同小可，當年太祖皇帝為了尋這枚印綬，曾四處派人打探。這東西落在你我這種人手裏，就是禁品。往大裏說，誰藏了它，便是謀逆大罪也不為過。這個印綬藏在諸多的禮物中，肯定是不起眼的，他發現不了。」

馮鹿明白了，蔡大人這是要栽贓，憂心忡忡的道：「雖是謀逆，可若沒有陛下點頭，誰也動不得他。」

蔡攸冷笑，眼眸中閃過一絲凌厲的盯著馮鹿，嚇得馮鹿不由向後退了一步，蔡攸道：「我來時，馮公公好像對我不以為然是嗎？」

馮鹿大氣都不敢出，期期艾艾的道：「不……不敢。」

「沒有關係。」蔡攸哂然一笑：「不以爲然就不以爲然，我也不瞞你，我就是這個性子，你不高興也好，不以爲然也好，只需明白，一切按我的吩咐去做，不要多問什麼，該告訴你的，我自然會和你說。」

馮鹿不知怎麼的，在這蔡攸面前，竟是嚇得連冷汗都嗖嗖地浸濕了他的衣衫，這個紈褲似的人物，一開始讓他產生輕視，可是現在，除了畏懼再無其他。連忙道：「是，咱家多嘴，大人萬望海涵。」

蔡攸靠在椅上用指節敲打著几案，慢吞吞的道：

「既然你想聽，我也不怕告訴你，我要殺沈傲，根本就不必等陛下點頭，殺了就殺了，人死如燈滅。至於陛下過問起來，我自有應對之法。最重要的，要把人殺得滴水不漏，他要是敢輕舉妄動，我立即知會江南西路提刑使金少文，叫他立即帶人來搜捕，只要尋到了那枚印綬，便可立即將他下獄待審，該上疏的上疏，其餘的事讓金少文去辦。他是太師的心腹，雖然與我的交情有限，可是你莫要忘了，我爹和沈傲可是死對頭，金少文和沈傲也是有過節的。下了大獄，立即殺了沈傲，再說，他是畏罪自殺，這件事就算要追究，也牽扯不出誰來。」

「你想想看，有人若是藏了禁品，莫說是沈傲，就是嫡親的宗室親王，也只有下獄待審的份。至於畏罪自殺，只要讓金少文做得漂亮一些，陛下想追究，又追究誰去？讓金少文自個兒上一道請罪疏也就是了，我爹會去保他。」

馮鹿聽得心都是涼的，這個蔡大人，膽子還真是大，連欽差都敢殺，可是回頭一想，又覺得蔡大人的主意倒也沒什麼錯漏，這個法子好，殺了人還不髒手，倒也不失爲最後的殺手鐧。他不由疑問道：「就怕那金少文怕擔干係。」

「他會怕？沈傲不死，他更怕得厲害，這幾年，造作局裏的好處他得的少了嗎？再者說了，他這個官，仰仗的就是我爹，我爹的仇敵就是他的仇敵，這干係他自己清楚，只有他擔著。」

馮鹿見蔡攸蠻有把握，頓時喜笑顏開，道：「大人高明，有了這一手，咱家可以睡個安穩覺了。」

蔡攸板下臉來：「沈傲在這裏一日，你就別想睡個好覺，好好盯著他，嚴防死守，就是風吹草動也不要放過。出了岔子，第一個拿問的就是你。」

馮鹿額頭冷汗流淌，欠著身撅著屁股拱手一揖到底：「是，是，咱家省得，這是天大的事，便是不吃不睡，耽誤了白個不打緊，怕就怕出了差錯，惹火燒身到大人和童公公頭上。」

蔡攸闔著目，陰惻惻的笑道：「這火燒不到我和童公公身上，陛下離不開我們。火要燒，第一個燒的就是你馮公公，你必死無疑。你當我這一趟來是畏罪抹平這蘇州的干係？哼，我只是怕少了這一塊肥肉，沒有造作局，哪裡去塡我家裏頭的虧空？你自己掂量厲害去吧，不要爲了我和童公公，爲你自己。」

馮鹿臉色慘然：「對，對，爲我自己，蔡大人，咱家告辭了。」

蔡攸擺擺手：「滾吧。」

馮鹿撂著衣襟，碎步要走，剛剛到了門檻，身後的蔡攸道：「回來！」

馮鹿立即旋轉過身去，小心翼翼的道：「大人還有什麼吩咐？」

蔡攸道：「蘇州的名妓就這點兒姿色？昨天那兩個美人，本大人圖個新鮮，今天就已經味同嚼蠟了，你再去尋訪幾個來，我既來了蘇州，總沒有入寶山而空手回的道理。」

馮鹿笑道：「是咱家照顧不周，這事兒也得趕緊著去辦，決不敢怠慢了大人。」

馮鹿從蔡攸那裏出來，吁了口氣，只覺得方才和蔡攸對話，有一種讓他心悸的痛苦之感，這個蔡大人，當眞不是個好伺候的人，不過他做事果決，倒是讓馮鹿心安了不少，不管怎麼說，有蔡大人在，自己照著他的話去做，總沒有問題。

於是他一面命人去爲蔡攸尋找美豔的女子，一面叫人死死盯住沈傲。他是一刻都不肯甘休，方才聽了蔡攸一席話，已經知道這是關乎自己生死的緊要關頭，沈傲若是老老實實收了禮倒也罷了，真要有什麼異動，需立即向蔡大人回報。

至於沈傲，則是三天兩頭的曬著太陽，有時就回房子裏神秘兮兮的寫信、寫奏疏。鄧龍幾個看他如此清閒，連他們都看不過眼，忍不住去提醒沈傲：

「沈大人，你這監造也太悠閒了吧，大人領著俸祿，總不能什麼事都不做，就是做做樣子，大家看了心裏也舒服一些。」

沈傲搖著扇，很是痛苦的道：「你們這是不知道啊，聽說過一句話嗎？叫君子勞心，小人勞力，你們是武人，咳咳……我沒有侮辱你們的意思，武人嘛和小人都差不多，反正就是做些打打殺殺之類的事，至於本大人，表面上看好像很悠閒，其實很勞心的，哎，這種日子不知什麼時候是個頭，再在這裏待一日，本大人都要累死了。」

「你還累？」周恆、鄧龍兩個真恨不得將眼珠子挖出來，省得看沈傲這保養得極好的臉上那白裏透紅的膚色，虧得他還有臉喊一個累字。

第一五六章
流星蝴蝶劍

沈傲放低聲音，很神秘的道：

「實不相瞞，此人是我安插在汴京的密探，

他武功高強，尤其是那一身劍法更是厲害，

綠林上的朋友見他英俊瀟灑，劍若流星，便給他取了個諢號叫流星蝴蝶劍。」

一場大雨過後，晴空萬里如洗，清晨的空氣中帶著春日特有的乍暖忽寒，讓人不知如何著衣。

轉眼到了月末，眼看就要進入二月，沈傲稀裏糊塗地混著日子，大門不出二門不邁，這一下子蟄伏起來，倒是讓一些和他熟識的人大跌眼鏡。

就是在汴京城裏，有些注意沈傲動向的人，此刻也摸不著頭腦了，原以爲沈傲去了蘇州，會引起什麼驚天動地的風暴，可是過了半個月，連一點驚動人心的事都沒有傳回來，有人唏噓，有人頓時鬆了口氣，有人則是失望搖頭。

倒是太后突然發了一道懿旨，引起了軒然大波，說是太后做了夢，做夢也發懿旨？這朝廷上下一個個不禁搖頭。精彩的還在後頭，夢裏頭是一個散發著金光的天神。

天神都出來了，還散發著金光，這就多少有點演義的成分了，但是太后既然這樣說，不管你信不信，反正你不信也得信。

再後頭便是說天神要讓太后去廬山祈福，太后年紀老邁，最後交代皇帝去。

就這麼一份懿旨，嚇了所有人一跳，皇帝要出京？還要去廬山？這可是一件了不得的大事。所有人都在等，看皇帝怎麼說。

一天之後，門下省草擬的聖旨出來了，裏頭是這樣說的，朕聽說天子巡遊並不是國家的幸事，所以即位以來，嚴令禁止臣下談及。現在太后有了懿旨，身爲人子，朕左右為難，忠孝與國家孰輕孰重？每念及此，朕憂心如焚，權衡之下，決定遵從懿旨。我大宋以忠孝治理天下，臣子應當恪守對皇帝的忠誠，兒子應該恭謹的向父母盡孝道，這是天經地義的事，就是朕也不外如是，這一次巡遊，朕並非行樂，只是希望給天下人做個榜樣。

這一份聖旨簡直是無懈可擊，一個孝字堵住了天下悠悠之口，雖有人不滿，急欲上疏阻止，卻一時撓頭，根本尋不到理由。

阻止皇帝出遊就是阻止皇帝盡孝，妨礙皇帝孝敬母親？你是活膩了嗎，你讀的是什麼書，連忠孝禮節都不懂了，皇帝不治你，這士林的非議你承受得起嗎？

這驚天動地的事竟是無人發聲，彷彿這件事從未發聲過。趙佶見效果如此之好，又無人反對，自是喜不自禁，連忙安排好巡遊的細節，只待選好黃道吉日，立即出京。

這一消息傳到蘇州，自是一番議論，誰也不知這陛下的行程如何走，蘇州乃是江南大邑，說不得要停駐一下，因此又是幾家歡喜幾家愁。

而這個沈傲，也開始不安分起來，一大清早，天空還殘餘著淅瀝瀝的毛毛細雨，沈傲披上蓑衣，帶著鄧龍、周恆兩個，便直接到了造作局衙門。

裏頭的差役有幾個是認得他的，立即過來奉陪，沈傲大手一揮：「拿帳冊來，本大人要查查帳。」

幾個人面面相覷，有人已經偷偷溜去通知馮鹿馮督造了，又有人拿了帳冊給沈傲看，沈傲坐在案後，這衙堂裏有些昏暗，就叫人拿了一盞油燈來，將油燈移近了，仔細看了帳簿，隨即冷笑一聲，將帳簿推到一邊，對身邊伺候的人道：「你們做的好帳！」

這幾個人不知沈傲到底指的是什麼，一時也是一頭霧水，沈傲冷笑道：

「就這樣的帳簿也敢拿來糊弄人？我問你們，這裏注明一塊水杉木，從蜀地運到京師，爲何花費了九萬貫銀錢，哼，你們真當人是瞎子，連造假都不懂？」

「大人，這沿途的開銷很大的，九十多個民夫、船工一路下來往返數月之久……」

「你家的民夫和船工往返數月要花費九萬貫錢鈔？那好極了，不如這樣，下次造作局的花石綱都由我來攬運，你按著帳簿裏的價錢給，如何？」

眾人一聽，不敢說話了，他們只知道這個監造來頭很大，惹不起，只好任由沈傲怒罵，始終不吱聲。

「實話告訴你們吧，你們要保住自己的飯碗，就識相一點，這帳簿到底是怎麼回事，你們和本大人交代清楚，都明白嗎？」

「明白，明白。」

「那就說吧。」

「……」一旦要他們說，他們就又不明白了，一個個噤若寒蟬，呆若木雞。

沈傲倒是笑了，只好將帳簿收好，道：「你們不說，自然會有人說，我不急，急的是你們。」說罷，將帳簿收入懷裏，一搖一擺地大步離開。

沈傲這一下突襲檢查，讓造作局上下驚慌失措，好不容易穩住陣腳，這傢伙又走了，叫人防不勝防。

過了小半個時辰，馮鹿心急火燎地騎馬過來，一進裏面，劈頭蓋臉地問：「人呢？」

「公公，人已經走了。」

「走了？」馮鹿眼眸紅得要殺人，好不容易鎮定下來，坐下喝了杯茶，找人來問：「他說了什麼？」

「只是來查帳，還說廣西水杉的事，問我們爲什麼一棵水杉木就要九萬貫，卑職和他說民夫、船夫的開銷，他便大罵了我們一頓。」

馮鹿頷首點頭，目露凶光，忍不住地道：「這個混帳東西，收了咱家的好處就翻臉不認人了，咱家原本還道他是個聰明人，誰知道消停了半個月就不甘寂寞了，哼，等著瞧，你吃了咱家多少，咱家就要你連本帶利地吐出來。」

「公公，那沈監造將帳簿也帶走了。」

馮鹿豁然起來，將茶盞砰地砸在几案上，裏頭的茶水濺得到處都是。

「你們是做什麼吃的？他說要拿帳簿，你們就拿給他？」

「他是監造，是咱們的頂頭上司，誰敢攔他？」

馮鹿順了氣，心裏想，一本帳簿，倒也沒有什麼，這帳簿裏本就是一團糊塗帳，諒沈傲也翻不起天來，眼下當務之急，還是立即去尋蔡攸商量。一想到蔡攸，馮鹿心裏頭就有點兒不自在，硬著頭皮到了後園，稟告一聲，才是進去。

誰知這蔡攸早就等著了，再沒有從前那酒色掏空的紈褲之氣，臉上烏雲密佈，一見到馮鹿，便厲聲道：「你做的好事，堂堂造作局，竟連他的行蹤都掌握不住，讓他突然走了進去，連帳簿也拿走了。」

馮鹿心裏駭然，這位蔡大人大門不出二門不邁，竟對外頭的事比自個兒還清楚，連忙苦笑道：「大人，咱家實在該死，只是誰會想到這個沈傲安生了半個月，卻突然鬧了這麼一齣。」

蔡攸冷笑一聲，道：「不是他突然鬧這麼一齣，而是預謀已久，因爲官家要來了。」

「官……官家？」馮鹿面如土色，一時難以接受這個消息。

蔡攸對馮鹿蔑視地看了一眼，將桌上一份邸報丟到他的腳下，道：「記著，你雖是閹人，不管你識不識字，這邸報一定要切記著看。」

馮鹿拿起邸報掃了一眼，果然看到了邸報中的一份聖旨，大驚失色地道：「陛下只是說出遊，並沒有……」

蔡攸不耐煩地打斷他：「前腳出遊，後腳就到了蘇州，你還不清楚？這個沈傲，原來是給官家來打前站的。看來這一次官家是有心要整頓造作局了，如此一來，這事就更加棘手了，一個不好，不但是你這狗頭保不住，就是本官也脫不了干係。」

他冷冽一笑，一雙眼眸深邃無比，隨即咬了咬牙道：「除掉沈傲再說，這件事八成就是沈傲慫恿陛下的，沈傲一死，以陛下優柔寡斷的性子，這件事也就了了，哼，官家的性子，本官最是清楚不過了。」

馮鹿冷汗直流，也是咬了咬牙，生出莫大的勇氣：「左右是一死，還不如魚死網破，和沈傲拼了，只是陛下不知什麼時候能到，就怕太倉促了，我們來不及。」

蔡攸這一次倒是高看了他一眼，道：「你先坐下說話，咱們從長計議。」

待馮鹿欠身坐下，他才慢吞吞地道：「陛下沒這麼快到，沒有半個月也不能在蘇州落腳，半個月的時間，足夠我們從容佈置了，金少文那裏，我已經寫了一封書信去，叫他立即帶人來蘇州緝拿方臘餘黨。」

馮鹿點點頭，金少文是江南西路提刑使，掌管一路刑名，他老人家要來蘇州，非得有個理由不可，這個理由倒是不錯。

蔡攸繼續道：「只要他一到，我們尋個機會派人進去搜查沈傲的宅子。」

馮鹿道：「這個只怕不妥，沒有理由，搜查監造的住宅，只怕那沈傲也不答應，畢竟他是帶了禁軍來的。」

蔡攸陰冷一笑：「如果說有反賊潛入了他的宅子呢？咱們爲了監造大人的安全，總要將宅子翻個幾遍，確認沒有反賊，才肯離開。否則監造大人被賊子所傷，咱們怎麼向官家交代？」

馮鹿嘻嘻一笑，頓時覺得雲霧撥開，有了幾分眉目，連忙點頭道：「還是大人想得周全，有了這個理由，咱們不是去搜查沈傲，而是要去保護他，換作是誰，也不好說什麼。」

蔡攸冰冷乾笑一聲，整個人站起來，面帶激動的紅暈，負著手在廳中團團亂轉，隨即抬眸，血紅的眼睛望著馮鹿：

「搜出了東西，立即緝拿，其餘的事就交給金少文，你我都不要沾這魚腥，只要人死了，其他的事就好辦。嘴長在我們身上，想怎麼說就怎麼說！反正是死無對證的事，怕個什麼來。」

馮鹿既緊張又躍躍欲試，點頭道：「明白，明白，就算出了事，也有金少文替咱們擋著，實在不行，把屎盆子扣在他的頭上。」

蔡攸呵呵一笑：「就是這個道理，金少文是我爹的心腹幹將，只要他肯參與進來，我爹也不得不蹚這趟渾水，鹿死誰手，咱們作壁上觀就是。」

他慵懶的伸了個懶腰，猶如一台粗暴的機器，一下子停頓起來，懶洋洋的打起了呵欠，道：「好啦，你下去吧，這幾日盯緊沈傲，不要出了差錯。」

春雨綿綿，隱約聽到窗外沙沙聲；沈傲挑了挑燭芯，起身到窗前觀望，外面一片迷濛，整個天空像罩了一層透明的紗，絲絲細雨把天地連接，在黑暗中搖曳。

「快要攤牌了吧！」沈傲自言自語，合上窗，臉上似笑非笑，待他回到榻前，一屁股坐下，換下衣衫和衣睡下。

這一睡，不知是什麼時候，半夜卻聽到有人敲擊著窗戶，他趿上鞋，披了衣衫去開了窗。窗外黑乎乎的，借著屋裏的光亮可以看到一個小巧的身影，她的渾身濕淋淋，捂著手在樹下呵著氣，後背負著一柄長劍，雙腿在泥濘中踱了幾步，看到窗戶打開，側眸朝這邊望來，幽深的瞳孔裏有幾分驚喜。

「原來是蓁兒小姐。」沈傲堆滿笑容，隨即仰首看了看天色，將窗戶張開，朝她招手：「快進來，這樣的天氣很容易生病的。」

蓁兒遲疑了一下，卻突然止步，小嘴兒撅起，慍怒道：「你就是開著窗戶迎客的？」

沈傲愣住了，很快明白過來，立即跑到門房去來開門閂，蘡兒才濕溜溜的蓮步進來，望了沈傲一眼，踟躕道：「本來看你睡了，不敢驚擾你的。只是外頭太冷，我又沒處去。」

「我能夠理解。」沈傲發現這大半夜的和一個來無影去無蹤的俠女同處一室，有一點點的詭異，他儘量使自己顯得和藹可親，就怕嚇壞了這個過客。

蘡兒進來，衣衫濕溜溜，沈傲心知她一定不肯在這裏換衣衫，況且也沒有女人的衣裙給她換，只好尋了件大衣來給她披上，這時節沒有炭盆，乾脆多點幾盞油燈，靠著這豆點的火光，天知道能不能取暖。

蘡兒默坐了一會，才道：「沈大人，我家師父向你說的事，你可曾記得嗎？」

沈傲笑嘻嘻的道：「當然記得，這件事陛下已經得知了，很欣賞你們的忠貞，所以敕封旋闌兒小姐爲定遠將軍。」

蘡兒咬唇搖頭道：「我們才不稀罕這個。」背過身去不理他。

沈傲訕訕一笑，不再理會。

沉默了很久，只有屋外的沙沙細雨聲傳進屋來，蘡兒似是覺得方才對沈傲過於冷漠，小心翼翼的看了他一眼：「沈大人，你不要見怪。」

沈傲搖頭，笑道：「我見什麼怪，恰恰相反，我很佩服你們，你們捨棄了性命，卻不肯爲自己謀私利，和我這樣滿是銅臭的人一比，真教我沒臉做人。」他似是要印證自己的話，故意用手掩面，作出慚愧狀。

顰兒撲哧一笑，道：「沈大人在我們心裏，也是個大大的義士，一舉收復燕雲四州，燕雲的百姓都感謝你呢。」

「是真的嗎？」沈傲頗覺意外。

顰兒很認真的點頭：「嗯。」

沈傲搓著手：「你這般一說，我突然覺得自己偉大起來了，如此一來，往後貪汙受賄起來也沒什麼壓力。」

顰兒無語。

沈傲逗她道：「你不要見怪，我就是這麼一個人，偶爾會做些好事，可是大多數時候還是有些自私，和你們比起來，自然相差萬里，不過有蔡京、王黼那些老賊給我墊背，我覺得我還算一個好官。」

顰兒睜著大眼睛，蜷著身子，將沈傲給她的外衣扯緊了一些：「你這個人就會胡說，你明明是個大好人，爲什麼要和蔡京他們相比？在我心裏，你比我師兄還厲害。」

「只是比你師兄還厲害？」沈傲有點兒失望，還以爲自己的形象多高尙呢，原來也不過如此，師兄什麼的最討厭了。

又陷入沉默，孤男寡女的確實有點尷尬，明明有話要說，可是臨到嘴邊卻總是吞回肚子去，沈傲像吃了蒼蠅一樣。他想了想，道：「你打算什麼時候回南京去？」

蘡兒抬眸，燭火在她眼眸中倒映出美麗的光澤，道：「師父說先和你聯絡，再原地待命，反正就是跟著你，等師父來消息。」

沈傲板起臉來，道：「你還是先回去吧。」

蘡兒慍怒的瞪著他：「你就這般討厭我？」

沈傲嘆了口氣，道：「不是，是因爲我這裏會有一點危險。」

蘡兒聽到危險二字，頓時精神一振，那蜷縮如小貓的身軀一下子變得英挺起來，就差要拔劍四顧，很豪邁的說一聲：姑奶奶要的就是危險。她終是忍住這個衝動，道：「那我更應該在這裏，保護沈大人。」

沈大人一時無語，哄著她道：「你在這裏只會礙手礙腳，我自有應對的辦法。」

「可是據我所知，沈大人連三腳貓的功夫都不會，你又怎麼能保護自己？」

沈傲受到了羞辱，指了指自己的腦門：「我靠的是智慧，和你說也說不明白，反正這幾天你必須離開。」

蘡兒冷哼一聲，瞪著他：「你搪塞我。」

「……」

「你看我不起！」

「……」

「我就知道，好，那我現在就走。」

「……」

見沈傲不去拉他，蓁兒旋身起來，走了幾步，又回過頭：「我又改變主意了，你這是故意要氣走我。所以我不走了。」

沈傲繃著的臉一下子散開，只好道：「那好，我有一件很重要的事請你做。」

「你說。」

沈傲莊重的拿出一封信：「這封書信很重要，我一直找不到合適的人替我去送，你能不能在十天之內送到汴京去。」

蓁兒撇撇嘴：「既是送信，爲何沒有封泥和信封？」

「噢，我差點忘了，你稍等。」沈傲立即跑去書案，尋了個封套，又上了印泥，蓋上了自己的印綬，提起筆來，特意在信封上寫了個大大的「絕密」二字。

等到蓁兒再次接過信箋時，問：「這封信交給誰？」

沈傲放低聲音，很神秘的道：「交給邃雅山房一個叫吳三兒的人。實不相瞞，此人是我安插在汴京的密探，他武功高強，尤其是那一身劍法更是厲害，綠林上的朋友見他英俊瀟灑，劍若流星，便給他取了個諢號叫流星蝴蝶劍。」

「這麼厲害?!」顰兒很是懷疑，覺得這個沈大人的話沒一句是真的。

「當然厲害，『流星蝴蝶劍』吳三兒大俠在汴京可是號稱汴京第一劍客的。」

「哼，恐怕是汴京無老虎吧，我一定要會會他。」顰兒驕傲的挺起胸脯，那濕潤的衣裙掩不住胸口小鹿的堅挺，看得沈傲倒吸了口氣，心裏想：「這麼大。」

顰兒收了信，道：「事不宜遲，那我走了，我知道你是想哄我走，沈大人保重。」江湖兒女，也沒有多少拖泥帶水，緊繃著個臉，大有一副要與那傳說中的吳三兒一較高下的悲壯。

沈傲連忙叫住她：「你先等等。」

顰兒疑惑。

沈傲先是去推開窗，再小跑著去開了門，外頭的風嗚嗚的從門窗出來，沈傲又將牆上的蓑衣取下，道：「我先來給你披上。」提著笨重的蓑衣，披在顰兒身上，隨即爲她繫好斗笠上的結繩，手不自覺的觸碰到女俠頷下的雪白肌膚，顰兒櫻口一張道：「不許輕薄我。」

沈傲汗顏，忍不住道：「輕薄發乎心，而非重於形……」

蠻兒聽他之乎者也，很是頭痛，好在她壓低了斗笠，讓沈傲看不到她發窘的臉色。穿戴完畢，沈傲送她出門，屋簷下，兩個人對視一眼，蠻兒道：「我走了。」

「嗯，姑娘慢走。」

「你放心，若是誰敢動沈大人一根毫毛，我一定爲沈大人報仇。」

沈傲聽得肝顫，大丈夫被這麼一個嬌小玲瓏的小姑娘對著說這種話，實在有失顏面。

蠻兒道：「沈大人不必送了，後會有期。」

見沈傲無動於衷，還真不打算送了，便咬咬唇，修長的腿兒一踩，整個人借著力道騰空飛躍起來，一下子消失在雨夜之中。

細雨淅瀝瀝的下，沈傲朝她消失的背影大喊：「蠻兒小姐你慢慢飛，小心前面帶刺的玫瑰。」吼完了，他撓撓頭，咦了一聲，前面有玫瑰嗎？汗，看來穿越極容易引起精神分裂，竟是念錯臺詞了。

他一時睡不著，望著這霏霏雨夜，心裏想：「暴風驟雨就要來了吧，我爲什麼不去選擇和他們同流合汙，一起在造作局撈錢，而寧願去和他們拼個你死我活，也要取消掉花石綱？莫非……我真是良心未泯？」

沈傲按著太陽穴，頭痛啊，明明身爲狗官，是不該有良心的。

幾日過去，蘇州一下子變得詭異起來，江南路提刑使金少文發文蘇州，說是已掌握方臘餘黨蹤跡，發文蘇州府小心提防，以免生事。

官家出巡，蘇州極有可能會成爲落腳點，況且，這裏本就是當年方臘起事的重要區域，一時間，整個蘇州府風聲鶴唳，頓感事態嚴重，以至於封住了各處城門，調集各處廂軍，入城拱衛。

又過去一日，就在蘇州知府心急火燎之時，金少文猶如天降，帶著百名差役抵達蘇州，當即坐鎮搜捕。

夜裏，千名廂軍點著火把，將沈傲的住處圍似鐵桶一般，數十個人搶著去砸門，四處有人吼：「莫讓反賊逃了。」

黑暗中，金少文在差役的攙扶下落腳，他的臉上帶著古井無波的表情，捋著鬚，眼眸幽幽，在這暗夜之中有著說不出的詭異。

後頭的蘇州知府常洛也下了轎，這位仁兄純屬是被抓來的壯丁，大半夜的被人叫醒，還不知發生了什麼事，就巴巴地跟了過來，這時在黑暗中看到建築的輪廓，不由大驚失色，小跑著來尋金少文道：

「金大人，這裏住著的乃是沈傲沈監造，半個月前住進來的……」

金少文面無表情地打斷他：「反賊逃進了沈監造的府裏，咱們更不能怠慢，否則出了事，這是算你的還是算我的？」

常洛嚇了一跳，也覺得金少文說得有理，連忙小雞啄米地點頭道：「是，是，下官明白了。」

隨即百名步弓手引弓等待，差役前去叫門，其餘人則是堵住了宅子的前門、後門，過了許久，裏頭的人才有了動靜，一個禁軍拉開門來，惡狠狠地道：「是誰在外頭鼓噪？知道這裏是誰的宅邸嗎？」

爲首的一個推官冷笑道：「管他是誰，這裏進了反賊，我等奉命搜檢，若是走了反賊，你們吃罪不起。」這推官早就得了金少文的吩咐，不和這禁軍糾纏，大手一揮，吆喝道：「進去，搜！」

百名差役、廂軍應命，一齊蜂擁進去，幾個禁軍哪裡攔得住，立即被人潮推開。

金少文笑了笑，猶如得勝歸朝的大軍，撣了撣身上的紫袍公服，對常洛道：「隨我進去，會會沈監造。」

宅裏已經亂作一團，到處都是呼喝聲，幾個忿忿不平的禁軍差點要抽出武器與差役發生衝突，只是鄧龍和周恆不知轉了什麼性子，此刻卻出奇的冷靜，呼喝大家不要生事。

沈傲坐在小廳裏，慢吞吞地喝著茶，外頭鬧得再響，也沒有打擾他的性子，過不多時，有人碎步匆匆過來，只見周恆朝沈傲行了個禮，道：「姐夫，金少文拜謁。」

沈傲道：「叫他進來。」

金少文帶著常洛慢吞吞地踱步進來，看了沈傲一眼，金少文微微一笑，道：「沈監造，我們又見面了，別來無恙吧。」

沈傲看著金少文道：「金大人好大的氣魄。」便不再理他，獨自闔目等待。

金少文並不急，端坐在一側，慢吞吞地喝茶，倒是那常洛有些坐立不安，他算是倒了楣，他哪裡看不出兩個人正在較勁，神仙打架、小鬼遭殃，自己竟捲進這裏面來，到時候誰要秋後算帳，沒準都要算到他頭上去。

足足過了小半個時辰，一個差役興沖沖地進來，高聲道：「大人，找到了！」

金少文張目，霍然而起：「拿來。」

接過一枚小小的古樸印章，左右翻看了片刻，興奮地道：「就是它。」隨即朝沈傲喋喋冷笑：「沈監造如何解釋？」

「解釋什麼？」沈傲慵懶地伸了個懶腰。

金少文冷哼一聲：「來人，沈監造涉嫌謀逆，立即給本官拿下！」

「是。」早已等候多時的差役一擁而上，無數把刀槍對準了沈傲。

沈傲站起來，捏開一支靠著自己前胸的矛尖，笑呵呵地道：「金大人爲何不說清楚一點？」

金少文揚了揚手中的印章：「還要說什麼？這枚印綬乃是前周的御寶，你收藏此物，到底安了什麼心思？哼，本官身爲提刑使，多少還有監押江南西路官員的職責，如今你犯下了如此滔天大案，少不得先將你軟禁起來，等候陛下發落。」

沈傲道：「這是督造馮鹿送我的禮物。」

「是不是馮鹿的禮物，沈大人可有證據？」

「……」

「既然沒有證據，東西又是從你屋裏搜出，少不得本官拿你是問。來人啊，拿下！」

聽著差役們如狼似虎地應諾，沈傲不再遲疑地道：「我自己走。」

金少文冷哼一聲：「你識相就好，帶走！」

第一五七章
畏罪自殺

趙佶失魂落魄地坐著，他來不及哭也來不及笑，沒有任何表情，

幽幽的眼眸空洞又悲戚，可是悲戚卻彷彿尋不到宣洩的口子。

這是怎麼了？怎麼好端端的就畏罪自殺了呢？

不會，不會的，沈傲絕不是個會自殺的人。

造作局，後園。

馮鹿負著手，在小廳裏來回踱步，看著外頭黑不隆咚的夜色，忍不住道：「爲何金大人那邊還沒有消息傳來？」

蔡攸冷聲道：「急什麼，坐下再說話。」

馮鹿比不得蔡攸這般鎮定，畢竟這一夜干係重大，雖有蔡攸和金少文合謀，可是難保不會出了錯漏，一旦讓沈傲逃了，到時候事情洩露出來，那可是殺頭的大罪。

馮鹿深吸一口氣，才徐徐坐下，俯首對蔡攸道：「蔡大人，這個金少文到底牢靠不牢靠？咱家在蘇州，雖然也聽說過他，不過他在杭州，咱家和他沒什麼交情，若是此人出了問題，那可就糟了。」

蔡攸呵呵笑道：「你放心吧，這個金少文，我和他有著十幾年的交情，當年他中了進士，如狗兒一般在我爹面前轉悠，是蔡家最忠實的一條走狗。雖說後來我和我爹反目，與這金少文再無往來，可是我知道，他對我爹忠心耿耿，只要能爲我爹除去對手，他絕不會錯過這次要賞的機會。再者說了，沈傲在杭州任縣尉時，就曾和金少文有過衝突，金少文吃過暗虧，卻不敢聲張，這裏頭早就將沈傲恨之入骨了。這樣的人，是再可靠不過的。」

蔡攸想了想，繼續道：「不用擔心，再過一時半刻，就會來消息。」

馮鹿心神不寧地點了個頭，再不多問。

到了子夜，更夫的梆子敲得噠噠作響，四周靜籟無聲，這時，一陣碎步傳過來，越來越急，馮鹿的心也隨之跳動，霍然而起：「想必是人來了。」

過不多時，就有個人來稟告道：「蔡大人，馮公公，江南西路提刑使金少文求見。」

「叫他進來！」

金少文踱著方步跨入門檻，緊繃著個臉，只是朝蔡攸點點頭，道：「蔡大人，這事兒定了。」

一旁的馮鹿臉色脹紅，激動地捏了捏自己的腿，就彷彿做夢一樣，嘶啞著嗓子道：「沈傲已經被金大人拿住了？」

金少文不去理他，只是看著蔡攸。蔡攸臉上浮出一絲詭異的笑容：「好，好極了，金大人，這一次辛苦你了，來，快給金大人上好茶。」

金少文不願意和蔡攸有太多的關係，蔡京父子反目的事他心裏頭清楚，若是和這位蔡大人走得太近，在蔡京和蔡絛那裏都不好交代，淡漠地道：

「茶就不必喝了，接下來我還有事要處置，就不奉陪了，來這裏只是知會蔡大人一聲，請蔡大人放心，這件事包在我身上。」

蔡攸哂然一笑：「金大人打算怎麼個包法？」

金少文道：「刑獄裏有的是辦法，給他一根草繩，或者推入天井，絕不會有什麼後患，誰也查不出來，到時候說他畏罪自殺就是。」

蔡攸眼眸閃爍不定：「刑獄的事我不懂，我只要他死，他活著，我們誰都別想好過，金大人，這個干係，想必你比我更清楚。」

金少文淡然地笑了笑：「蔡大人，這些話還需要你教我嗎？」

蔡攸頷首點頭，溫和一笑，道：「這就好，咱們各司其職，人死之後，其餘的事就包在我的身上，做任何事，都要給自己預留好退路不是？總是不會讓金大人吃虧的。」

馮鹿在旁訕訕地道：「對，金大人你只管放心去做，有蔡大人在，保準吃不了你的虧，還有那印綬，金大人切記要收好，沈傲死了，證物可一定要留著。」

金少文淡漠地點頭，隨即告辭出去。

蔡攸看著金少文離開的背影，不由地冷笑連連。一旁的馮鹿小心翼翼地道：「大人笑什麼？」

「笑什麼？」蔡攸自問一句，隨即道：「我笑這金少文不識時務，哼，以爲巴結上了我爹就了不得了，你等著瞧，等這件事抹平了，我讓他吃不了兜著走。」

馮鹿嚇得不敢作聲了，這位蔡大人，當真不好伺候，他的心思只有天知道。

所謂的關著沈傲的牢房，其實是一間不大的三廂院落，外頭有步弓手把守，防衛森嚴，庭院前有一棵大槐樹，正中是個天井，這天井早就枯了，想必這套院子許久沒有人住過，只是爲了沈傲，才連夜收拾出來的。

沈傲雖是犯官，但是職務還在，沒有皇帝的首肯，誰也沒有讓他入獄的權力。所以他現在只算待罪，既是待罪，至多也只能對他軟禁。

沈傲到了這裏，倒是一點也不慌張，照樣吃睡，就這樣過了一天，外頭幾個禁軍要來看他，外頭的看守自然不答應，因此外頭還引起了衝突，最後是周恆等人罵罵咧咧地離開。

沈傲在裏頭將他們的話聽了個清清楚楚，聽到鄒龍說：「沈大人在裏頭一定吃了許多苦。」之類的話。沈傲聽了想笑，吃苦的事好像和他無緣，他的心態好，到了哪裡都抱著樂觀精神，該吃就吃，該睡就睡，這種環境，只有給他長肉的份。

一到傍晚，看守就送來酒食，這一頓的酒食很是豐盛，酒菜都是從蘇州最大的酒樓裏訂做的，熱呼呼地送過來，擺在沈傲的案頭上，沈傲抬眸，對那看守問道：「這是不是斷頭飯？」

看守不答，趕緊走了。

「還是大理寺的看守好啊，看看人家多文明。」沈傲搖了搖頭，倒是一點吃斷頭飯的覺悟都沒有，狼吞虎嚥，將酒菜吃了個乾淨。吃完了，便去叫看守拿茶來潤潤腸胃。那看守遲疑了一下，終究還是給他泡了茶來。

到了夜裏，吃飽喝足的沈傲正要入睡，卻聽到外頭突然傳出嘈雜的聲音，只聽到一個看守道：「大人……人還在裏面。」

「把門打開。」

豁然間，屋門大張，冷風灌進來，金少文帶著幾個差役進屋。

金少文一臉冷意，猶如正月的寒霜，朝沈傲冷笑，漠然地道：「沈大人似乎過得還不錯？」

沈傲和著衣朝他笑道：「金大人還真會撿時候，偏偏這個時候來，我差點要睡了。」趿上鞋，步下床榻，朝金少文道：「大人這一趟來，是要和我秉燭夜談呢，還是要請我喝茶？」

金少文哈哈一笑，淡漠地道：「都不是，只是來請沈大人上路的……」

「臣泣血啓奏，悉有蘇州造作局監造沈傲，搜集前朝印璽，人贓俱獲……畏罪自殺……」

一份奏疏起草出來，金少文拿了奏疏，前去造作局與蔡攸、馮鹿相商。馮鹿心裏撲通撲通急跳，駭然道：「沈傲當真死了？」

金少文瞥了他一眼，道：「這還有假的？實話說了吧，這個干係，我擔不起，諸位請聯名上奏吧，奏疏我已帶來了，請馮公公簽個名。」

馮鹿如被馬蜂螫了一下，道：「我是督造，簽什麼名？金大人說笑了。」

金少文看向蔡攸，蔡攸悠悠然地道：「人既然已經死了，金大人還怕什麼？這個沈傲，充其量不過是陛下的一條走狗，他既是畏罪自殺，算不得什麼大事。不若這樣吧，馮鹿，你好歹是沈傲的上官，他既死了，你上一份請罪奏疏也是應當的事，不但你要上，蘇州知府，還有推官都要上，法不責眾嘛，怕個什麼來？」

馮鹿頷首點頭：「蔡大人說得對，那咱家只好上疏自辯了，咱家倒是不怕陛下追究，這件事做得滴水不漏，陛下要查，也查不出什麼來。沒有實據，金大人這般的大員都不能追究，更何況是咱家？咱家怕的是楊戩楊公公，這沈傲和他有千絲萬縷的關係，若是他爲沈傲復仇，咱家好歹也是宮裏的人，難保將來不會被楊公公穿個小鞋。」

蔡攸道：「大不了讓童公公將你調入邊鎮，你不必怕，人死如燈滅，楊戩也犯不著爲了一個沈傲得罪我和童公公，他和沈傲混在一起，無非是看沈傲得了那麼一點兒聖眷罷了，沈傲一死，活著的人不是還要繼續活下去嗎？他犯不著和我們作對。」

聽了蔡攸的話，馮鹿略略放心一些：「好，那咱家也寫奏疏吧。這蘇州府上下都要請罪。」

十幾封奏疏連夜北上，此刻的趙佶已經出了京，登上了一艘大船順著運河朝蘇州而來，官家南巡，自有一番排場，沿途的碼頭盡皆封鎖，所有船隻不得下河，數十艘大小船隻拱衛著趙佶的坐船，沿途所過的州縣，都有官員沿途供奉。每到一處，便有許多禮物和祝詞送上。

這一路過來，趙佶看得新鮮，不到半夜不肯回艙去，天天帶著楊戩在甲板上看著河岸，興奮無比。

一路過去，船隊到了江寧，卻突然遇到了難題，趙佶的人還未到，江寧知府便上了一道奏疏，俱言趙佶擾民，說什麼陛下遵從太后懿旨出巡本沒有錯，錯就錯在奢靡無度，各地的供奉超出了常規等等。

趙佶看了奏疏，卻也不說話，將奏疏丟到一邊，也不下旨反駁，自得其樂，只是安囑到了江寧府不必停船，省得去見那知府。

他心情格外的好，沿著水路既看到連綿大山，又看到寥廓平原，一入江南，便看到如蛛絲般的水網縱橫交錯，只可惜船上不能作畫，心裏打算著到了江蘇，再和沈傲一起討論作畫事宜。

「只是不知沈傲那個傢伙在蘇州如何了，這個傢伙，但願不會鬧出什麼聳人聽聞的大事。」趙佶心裏想著，站在甲板上，看到遠處一艘接駁船朝這邊駛來，隨即與前方的哨船碰到，哨船打出信號，楊戩對趙佶道：「陛下，有奏疏來了。」

趙佶頷首點頭，大船漸漸下錨，穩穩地停在江面上，哨船朝這邊駛來，大船上的船工去拉了個人上來，此人乃是殿前司的禁軍，手中抱著一大堆奏疏，道：

「陛下，蘇州府的奏疏。」

趙佶哈哈一笑，道：「或許裏頭有沈傲的一份也不一定，搬到船艙去，朕現在就要看。」

說是船艙，趙佶所住的，卻是三丈高的船樓上，裏頭一切御用的器具無所不包，樓簷下是一盞盞紅燈，待到了夜裏將燈點亮，更是富麗堂皇。

整個樓船內室規模不小於文景閣，三進三出，有臥房、小廳、書房，一方小鼎爐安置在小廳的正中，陳設在紅豔的毛毯之上，一縷縷菊花香氣飄渺而出，使小廳內瀰漫著一股淡淡的清香。

趙佶坐定，率先拿起一本奏疏，臉上含笑地道：「先看看這金少文說什麼？」

趙佶的話音剛落，臉色已經驟變，眉宇擰起來，目光隨即呆滯。

趙佶將金少文的奏疏重重摔下，又撿起第二本、第三本、第四本……每一本奏疏所

言的都是同一件事。

沈傲死了，畏罪自殺！

趙佶臉上烏雲密佈，此刻已是愣住了，他想號啕大哭，可是哭不出來，想裝作鎮定地哂然一笑，可是那嘴角彷彿僵住了，牽扯不動。

趙佶不動，楊戩嚇得也不敢動，小心翼翼地看著他的臉色，大氣不敢出。

趙佶呆滯地又撿起最後一份奏疏，像是有些不甘心，覺得方才的人都蒙蔽了他，可是最後一份奏疏上那刺眼的「畏罪自殺」四字彷彿刺痛了他的眼睛，他再次狠狠地摔掉最後一份奏疏。

眾口一詞，沈傲謀逆，收藏禁品，軟禁之後，跳入天井畏罪自殺！

趙佶失魂落魄地坐著，他來不及哭也來不及笑，沒有任何表情，幽幽的眼眸空洞又悲戚，可是悲戚卻彷彿尋不到宣洩的口子。

這是怎麼了？怎麼好端端的就畏罪自殺了呢？

不會，不會的，沈傲絕不是個會自殺的人。

趙佶突然冷笑，笑得可怖極了，猶如半夜嬰啼；他倚靠著座椅的後墊，整個人變得憤恨起來。

朕的朋友畏罪自殺，那個書畫雙絕的才子，天不怕地不怕的楞子，那個與自己稱兄道弟，卻爲自己立下功勞的傢伙，就這麼輕易地死了？

不信，朕不信！

趙佶狠狠地咬著牙，頃刻之間像是蒼老了許多，眼眸中閃露出一絲混沌，就好像一切都變得索然無味起來，什麼豐亨豫大，什麼出巡，突然都變得無關緊要了。

「搖落秋爲氣，淒涼多怨情。啼枯湘水竹，哭壞杞梁城。楚歌饒恨曲，南風多死聲。眼前一杯酒，誰論身後名……」趙佶一字字地念出一首悼詞，才是看向一頭霧水的楊戩，無力地道：「沈傲死了！」

「死了？」楊戩一下子沒有站穩，撲騰倒地，他駭然地看著趙佶，喉頭滾動，全身如麻痹一般，動彈不得。隨即大哭。

楊戩這一哭，連帶著趙佶也流出淚來。

怎麼就死了呢？幾天前還好端端的送了奏疏來啊！

對沈傲，楊戩與他亦親亦友，他是個閹人，自他入宮起，就一直處在勾心鬥角的中心，沒有朋友，有的只是巴結，每個人都是敵人，他們注視著你，只等你露出破綻，他們會毫不猶豫地撕下面具將你取而代之。

沈傲不同，沈傲雖然做事有些讓人摸不清頭腦，他雖然會耍些小心機，會占人小便宜，楊戩卻相信他是真誠的。他也願意去享受那亦親亦友的溫情，可是現在，沈傲死了！

楊戩咬了咬牙，趴伏在地，忍住心中的悲痛，止住淚水，朝趙佶叩頭道：「陛下，此事不簡單！」

趙佶陰沉著臉道：「朕知道。」

「整個蘇州府，沒有誰能脫得了干係，不管是金少文，還是造作局，還有蘇州府……」

「你說怎麼辦？」

楊戩明白，造作局和童貫、蔡攸脫不開關係，金少文是蔡京的人，就是那蘇州府知府來歷也絕不簡單。可是此刻，楊戩一點也不怕這些人，就是站在所有人的對立面，他也決心爲沈傲報仇雪恨。

「悉數拿捕，徹查！」

以往的楊戩，絕不會向趙佶提出自己的意見，至多只是對趙佶進行引導，可是今日，他鬼使神差地，憤恨地說出這幾個字，整個人的面目變得恐怖起來。

趙佶止住悲傷，胸中似有無數的陰鬱要發洩出來：「徹查，誰也別想逃掉。」他想了想，又惡狠狠地加了一句：「血債血償！」

楊戩道：「請陛下讓奴才親自去查，奴才親自爲沈傲報仇。」

「好，你去！」趙佶目光凜然，繼續道：「傳中旨，廣德軍入蘇州，封鎖城門，許進不許出，所有官吏家眷全部控制起來，晉王趙宗運同楊戩入蘇州，蘇州大小官吏悉數待罪，誰參與者不管是誰……」他深吸了口氣：「殺無赦，禍及家小。楊戩，你速去吧，不要耽擱！」

調廣德軍入蘇州，楊戩已經明白，趙佶這是要大開殺戒了，死的絕不可能只是一個金少文，更不可能只是一個造作局督造，但凡參與此事的所有人，都是死罪。

楊戩拜伏於地，狠狠地叩了個頭，道：「奴才明白，奴才一定給陛下一個交代，陛下節哀！」

趙佶闔上眼，兩行清淚不自覺地順著眼縫流淌下來，沉聲道：「你前腳去先將人控制住，朕隨後就到，造作局的案子，朕要親自來審，沈傲死在這個案子上，朕一定為他完成夙願。此外，這件事不許讓任何人知道，尤其是安寧，知道嗎？」

楊戩悲憤地道：「奴才明白，奴才去了。」

空蕩蕩的船艙內，只留下趙佶呆滯地坐著，這一坐，渾渾噩噩的，幾個內侍見他這副模樣，想進來提醒他進膳，趙佶目光如刀，惡狠狠地看著來人：「滾！」

內侍連滾帶爬地走了，再無人敢進來。

廣德軍知軍周邦昌原本還預備著籌備皇帝途經廣德軍時的供奉，他這個知軍地位不比知府低，可是知府掌管數縣，而他這個廣德軍雖然獨立，卻只掌管廣德一縣，可是供奉卻又不能少，如此一來，倒是讓他急得猶如火燒了眉毛。

正是心急火燎之時，衙門前傳來一陣嘈雜的呼喝，隨即急促的腳步聲傳來，鹿皮靴子頓在衙前的磚地上，咯咯作響。

周邦昌滿腹疑惑，忍不住問一旁的押司：「何人喧嘩？」

押司道：「大人，小人去問問。」

話音剛落，已有人闖進衙堂，這人風塵僕僕，戴著一頂范陽帽，腰間挎著鋼刀，范陽帽壓得很低，只留下一把落腮鬍子。

是禁軍！

周邦昌立即換上笑容，落下堂去要和他寒暄，這禁軍大喝道：「欽命，廣德軍入蘇州！」

「啊？」周邦昌一時愕然，拱手想問爲什麼，禁軍已是冷哼一聲：「知軍不得過問，立即召集廂軍來，三日之內趕不到蘇州，以抗旨論處！」

周邦昌嚇了一跳，臉色煞白地道：「下官明白，明白，只是不知廣德軍入蘇州做什麼？」

「蘇州大小官吏人等，盡皆拿捕！」

這一句話，讓周邦昌愣了愣，這是史無前例的事，蘇州不是小縣，是人口數十萬戶的大邑，城中的衙門多不勝數，大小官員足有數百之多，悉數拿捕，莫非出了什麼大事？

周邦昌再不敢多言，立即叫來幾個都頭，召集三千役兵，水陸並進，奔赴蘇州。

三日後，蘇州各城門出現各隊軍馬，守城的廂軍都頭剛要出來詢問，對方一句道：「奉旨，將此人拿下！」隨即便有人蜂擁上去，將人死死按住。

城內只許進不許出，又不知到底發生了什麼事，只知道連守城的武官都悉數拿了，這件事報到各衙門，一時引起恐慌。

造作局衙門裏一切如常，可是在如常的背後，卻是有著無數顆忐忑不安的心。

馮鹿連滾帶爬地跑到後堂，今日連稟報的功夫都省了，直接衝入蔡攸的寢臥，蔡攸正抱著一個女人呼呼大睡，馮鹿大叫道：「蔡大人，東窗事發了！」

蔡攸被驚醒，大喝道：「叫什麼？滾出去！」

馮鹿想出去，卻又不甘，看著從榻上起來光著膀子的蔡攸，道：「大人，城門已經全部封鎖，突然有外州的兵馬聲言接了旨意……」

「你不要急，慢慢說。」蔡攸也愣了一下，等冷靜下來，一骨碌翻起身，光著膀子

下楊道：「旨意？什麼旨意？」

「咱家也不知道啊，這事兒蹊蹺得很，之前沒有收到任何風聲，外州的軍馬就來了，人數還不少，密密麻麻的到處都是，一個個凶神惡煞，像要吃人似的。」

蔡攸失魂落魄地道：「這個沈傲，當真有如此大的能耐？不，不可能，便是我死了，陛下也不會如此，陛下的性子，我是最清楚的。」他邊是搖了搖頭，邊是自言自語。

馮鹿道：「大人，不管這事是不是與那沈傲有關，咱們至少也該尋個迴旋的餘地，否則你我死無葬身之地啊。」

蔡攸擺擺手：「不要慌，不要慌……」

他越是這樣說，反而心裏已經慌張起來了，他的自信來源於皇帝，他的地位也來源於此，可是現在皇帝要深究，還鬧出這麼大個動靜，那麼只有一個可能……

那就是：這個沈傲深得聖眷，甚至超過了任何人。

若真是如此，自己就是有再多的辦法，又有什麼用？

第一五八章

皇上駕到

挨著蔡攸的金少文，說不出的平靜，他抿著嘴，

雖然披頭散髮，卻仍是保持著筆挺的跪姿，

只是看著幽深的衙堂大門，見到幾個禁軍緊張地進出。

沉默之中，突然傳來一聲刺耳的聲音：

「皇上駕到……」

蔡攸沉吟著，眼眸變幻不定，突然道：「你記住，我沒有來過蘇州。」

馮鹿聽得臉色慘然：「蔡大人……你，你就這樣把關係全部推脫個乾淨？那咱家怎麼辦？」

蔡攸定下神，好整以暇地負手道：「你和我有什麼干係？就算你說我來過蘇州，又有誰看見？哼，你能識相自然好，不識相，就別想有你的好果子吃，你在汴京有個侄子，是不是？你們馮家還指望著他傳香火呢！」

馮鹿雙腿打顫，嘴唇哆嗦著說不出話來，突然一下子失去了重心似的，頹然坐地，嘶啞著嗓子道：「蔡大人，這就是你說的萬無一失？你害苦了我啊。」

可惜任他怎麼哭，蔡攸依然無動於衷，只是微微冷哼，坐在榻上死死地盯住他，榻上的那個女人被驚醒了，光著身子又不敢鑽出被窩，像是被馮鹿的淒吼傳染似的，也忍不住顫抖起來。

正在這個時候，前堂發出一陣喧鬧的聲音，馮鹿不哭了，認真地豎著耳朵聽，臉色更是慘白，有人在叫：「馮鹿在哪裡？造作局馮鹿……」

蔡攸看著馮鹿，道：「馮督造，快去吧，你逃不出的。」

馮鹿憎恨地看了蔡攸一眼，才慢吞吞地爬起來，萬念俱焚地趕到衙堂，卻看到不少造作局的官吏被綁了起來，一個穿著碧衣官服的官員正拿著手中的一串名單道：

「馮鹿馮督造在哪裡？」

馮鹿走過去：「咱家就是。」

「拿下！」

馮鹿還未來得及掙扎，便被如狼似虎的役兵反剪了手，五花大綁起來。

「你……你們要做什麼？」馮鹿拿出最後的勇氣和僥倖，高聲質問：「我是宮裏的人，是造作局督造，你們沒有王法嗎？」

面對質問的，只是一個廣德軍七品小官，他瞥了馮鹿一眼：「叫什麼叫？我們是奉旨拿人！」說罷，又揚起名單，朗聲道：「還有個應奉王勇在哪裡，快去找出來。」

一夜功夫，蘇州城上下百名官員紛紛被捕，集中看押，以至於各大衙門的小吏發現，衙門裏竟連一個主事官都沒有，於是坊間的議論更是稀奇古怪，紛紛不絕。

楊戩是在子夜時到的，他騎著馬，與晉王趙宗一併入城，周邦昌守候已久，見到正主來了，立即行禮：「下官見過晉王殿下，見過楊公公。」

楊戩的眼裏佈滿著血絲，只冷哼了一聲，並不說話；倒是一向貪玩的趙宗此刻卻很是鎮靜，道：「人都拿了嗎？」

「差不多了，還有幾個正在搜捕。」

趙宗頷首點頭，他的心情也很失落，沈傲和他的關係不淺，平時雖然吵吵鬧鬧，可是在趙宗看來，這個沈傲很對他的脾氣，如今這人說沒就沒了，讓他大是惋惜。

趙宗沉著臉道：「陛下說過，不能放過一人，若有人拘捕，可以格殺。」

周邦昌至今還是一頭霧水，不知道到底發生了什麼事，只是連忙點頭道：「下官明白，這就吩咐下去。」

楊戩突然道：「沈傲的屍體在哪裡？」

「屍體？」周邦昌一時呆住。

「咱家問你，沈傲的屍體在哪裡？」楊戩不悅地再次追問。

周邦昌期期艾艾地道：「下官去問問。」

「算了，先不用問，等報了仇再說。」楊戩冷哼一聲。

周邦昌小心翼翼地道：「楊公公，下官聽到了一些流言，不知道該不該說？」

「你說，咱家在聽。」

周邦昌看了一眼楊戩激動得脹紅的臉色，小心翼翼地道：「下官聽說，這城裏還有一個人。」

「什麼人？」

「太傅蔡攸。」

「是他？他不是在邊鎮嗎？」

「這也是從造作局那邊問來的，是個小吏交代的，這小吏說督造曾說過，不許慢待了後衙的貴客，那貴客平時很急色，常叫美人去陪他，這幾個蘇州的名妓，其中一個聽了些隻言片語，一不小心說漏了嘴……」

「不必說這麼多，咱家只問你，他爲什麼會在這裏？」楊戩突然明白了什麼，太傅蔡攸，若沒有他居後發號司令，誰敢殺人？

「下官哪裡知道，只知道他藏在造作局的後衙，他畢竟是太傅，況且陛下的旨意是拿捕蘇州官員，算起來，他並不是蘇州官員。」

楊戩冷哼道：「太傅？這個時候，就是太師也只有死路一條，立即帶人去拿人！」

趙宗也附和道：「不管是誰，只要是官，盡數拿下，你不必怕，有本王和楊公公爲你們撐腰，我們的背後是皇上。」

周邦昌抹了把冷汗，道：「好，下官這就親自走一趟。」

周邦昌騎上馬，立即帶著一隊人倉促去了。

楊戩冷哼一聲，道：「王爺，看來此事和太傅脫不開干係。」

趙宗點點頭。

「王爺有什麼打算？」

「楊公公認爲呢？」

「陛下的旨意是血債血償，他們都是犯官，先關押起來，一個個的審，不能洗脫干係的，死！」最後一個死字，已表明了楊戩此刻的憤恨，蔡攸親來又怎麼樣？殺人償命，血債血償！

趙宗若有所思，依然頷首點頭道：「就這麼辦。」

天空一輪圓月高掛，明亮而淒涼，楊戩抬眸，看著月色，忍不住道：「沈傲，咱家爲你報仇來了，誰謀害過你，咱家叫他十倍奉還！」

趙宗吁了口氣，道：「楊公公，咱們先歇了吧，陛下隨後就到，我們養足精神，協助陛下徹查吧。」

趙佶的船隊順江而下，一路直到蘇州，剛剛下岸，一隊隊禁軍出現在街道，讓風雨飄搖的蘇州更是生出莫名的恐懼。

趙佶最先下了棧橋，這個時候也沒有了什麼規矩，在碼頭迎接的並沒有多少官員，除了一隊隊役兵，前首的位置顯得光禿禿的，只有趙宗、楊戩寥寥幾人。

蘇州城上下官員一網打盡，哪裡還尋得到迎候的人？

「陛下……」

趙佶無聲地嘆息了一口氣，身形消瘦了不少，搖了搖頭，示意趙宗和楊戩不必多禮，開門見山道：「人呢。」
楊戩道：「全部押起來了，就等陛下御審。」
趙佶陰沉著臉點頭：「今日先殺人，然後再為沈傲處理後事吧。朕一個個的問，一個個的殺。」
趙佶昂首闊步，滿是肅殺，連帶著趙宗和楊戩也顯得殺氣騰騰。
趙佶的這番話，已經很明白。他不相信冤殺沈傲的事，是一個人做的，金少文沒這個膽，馮鹿也沒有這個膽！不是一個人，而是一群！
堂堂監造，陛下身前的紅人，趙佶最信得過的朋友，竟好端端地被人冤殺，還栽贓陷害，此刻的趙佶只有一個念頭——寧殺錯一千，不可放過一個。
趙佶不是一個嗜殺的皇帝，大宋建朝以來，也極少對士大夫開刀，即使是犯下滔天大罪，大多也只是個流放、刺配的結局。這是一種態度，一種與士大夫共用天下的姿態。
可是今日，這個往常沉溺聲色，又略帶自私的皇帝烏雲密佈，渾身上下變得冷酷無情。
趙佶本不是個冷酷的人，自始至終，他有無數個缺點，被人指摘，被人謾罵，卻有一條，他只是一個活在自己的世界的懦弱皇帝而已，他寄情山水，愛好書畫，欣賞珍玩、奇石，希望長生。正因爲這些，他才對殺人有一種本能的反感。

一路過來，趙佶整整三天只進了幾口稀粥，所以步履有些輕浮，彷彿一腳踩下去，就要跌倒似的。不過他的雙手在用勁，攥成了一個拳頭，隨時準備把他心中的怨恨宣洩出去。

楊戩已經爲他備好了轎子，他搖搖頭，並不去坐，只是望著天穹，天穹上彷彿可以看到沈傲的音容笑貌，沈傲笑的樣子很討厭，總好像時刻準備算計著任何人，連趙佶也不外如是，可是這個笑容，今後再也看不到了。

趙佶吁了口氣，整個胸膛像是被什麼堵住了似的，快要透不過氣來；趙佶不忍再去看天穹，固然那天穹處風和日麗，讓人身心愉悅，可是每看一眼，趙佶的心就好像被蜜蜂螫了一下，很痛！

皇帝要走，誰也不敢多言，更遑論是這個時候，所以前面騎馬的役兵紛紛落馬，身後的楊戩、趙宗還有大長串的禁軍亦步亦趨，人流如織，卻皆是沉默，連空氣都變得寂寞起來。

這一路彷彿沒有盡頭，偶爾有人傳出抑制不住的低咳，春風拂面，煙雨江南，趙佶就好像自己正扶著沈傲的靈柩，給他一路送葬。他突然在想：「朕以後還會有朋友嗎？

如沈傲那樣的？」

趙佶閉上眼，嘆了口氣，只感覺有些頭重腳輕，太多天沒有進食，焦灼耗盡了他最後的心力，這一路走過去，足足半個時辰，他頭暈得厲害，隨即一下子失去了知覺。

「陛下！」無數人被這個景象驚呆了，最先反應過來的是趙宗和楊戩，二人連忙快步上前去扶住他，可是畢竟遲了一步，這個天子，俯瞰一切的主宰者，此刻在眾目睽睽之下，脆弱得就像是斷了線的風箏，撲通倒地。

禁軍和役兵開始湧動，許多人想撲過去，好在周邦昌應變極快，立即道：「不必驚慌，各自待命。」

趙宗已一下將趙佶抱起，看著趙佶只是暈倒，心裏鬆了口氣，立即道：「抬轎來，將船上的太醫叫來。」

趙佶幽幽轉醒，坐在床榻上的，是安寧，安寧溫順如小貓一般給他擦拭著滲出冷汗的前額，她的睫毛微微顫動，長長的睫毛上，幾滴淚珠兒不忍落下來。

「安寧……」

「父皇。」安寧見趙佶醒了，才顯露出一絲笑容，這吝嗇的笑容就如含苞待放的花朵，只是笑容梢閃即逝，蒼白的俏臉上，那盡力忍住悲慟的幽幽眼眸努力地睜著，生怕

一閉眼，眼眶裏的淚水就順著臉頰流淌出去。

趙佶心痛如絞，低聲嘆道：「傻孩子，你也知道了嗎？是誰告訴你的？」

安寧默然，體貼地用濕巾去銅盆擰了溫水，才坐回來幽幽道：「沈傲先到蘇州，父皇這幾日心神不寧，又如此大張旗鼓，也不見沈傲來碼頭迎駕，安寧豈能不知道？」

趙佶閉上眼，一時之間不知該如何安慰她，這個時候，他覺得自己也是個需要安慰的人，可是又有誰來安慰自己呢？

趙佶強忍住胸口的陰鬱，拉住安寧的手，只是嘆息，竟是一句話也說不出來。

安寧俏臉一紅，咬著唇道：「父皇，安寧有話和你說。」

「嗯……」

「安寧要爲沈傲披麻戴孝。」

趙佶愕然，隨即苦笑，披麻戴孝，身爲帝姬，又憑什麼給一個男人去披麻戴孝，除非，她是沈傲的妻子。

不能，斷斷不能，趙佶搖頭，心中還殘留著最後一絲清明，人都已經死了，可是女兒還要尋個乘龍快婿，若是給沈傲披麻戴孝，豈不是向天下人說安寧已嫁作了人婦，還未過門，就要做寡婦？

安寧閉上眼，眼眸中一道道清淚再也忍不住地流淌出來，在臉頰上彙聚成一道道小渠溪流，順著削尖的下巴滴落在床榻上。

她張眸時，俏臉已變得說不出的堅決，啓齒道：「父皇，在女兒心裏，世上再也沒有比沈傲更好的夫君了，父皇下旨招親，沈傲脫穎而出的那一刻，安寧心裏就下了決心，這個世上，非沈傲不嫁。」

「……」趙佶默然。

安寧不知從哪裡拿出了勇氣，繼續道：「父皇若是當真心疼安寧，就成全安寧吧。安寧和沈傲，雖然不過只有數面之緣，可是我知道，這世上只有他最清楚我的心思……」

「……」趙佶又是嘆息了一口氣，似在猶豫。

安寧再說不出話了，只是拼命咳嗽。

趙佶嚇了一跳，立即撐起身來，輕揉她的腹背。

這一對父女陷入沉默，只有嘆息和低咳，時間彷彿過得很慢，又好像一轉眼就過去，在這臥室裏，誰也不敢進來打擾。

安寧擦乾淚，面若梨花，如溫順小貓的一樣蜷縮起來，道：「安寧給父皇唱一首曲兒吧。」

趙佶艱難地點頭，好像有一股東西堵在咽喉，讓他說不出話來。

安寧坐上榻，依靠在榻前的雕帳上，縮著腿兒，眸光深遠，幽幽地望著眼前的輕紗帷幔，低聲吟唱道：

「薄衾小枕涼天氣，乍覺別離滋味。輾轉數更寒，起了還重睡。畢竟不成眠，一夜長如歲。也擬待卻回征轡，又爭奈已成行計。萬種思量，多方開解，只恁寂寞厭厭地。繫我一生心，負君千行淚……」

她唱幾句，伴隨著幾聲咳嗽，整個人臉色更是難看。

趙佶只是聽著，手輕撫著她的背，默然無語。

待安寧唱畢，趙佶問：「這是沈傲的詞？」

「是安寧作的，沈公子修改了。」

安寧更願意叫沈公子，彷彿只有這樣，才能拉近她和沈傲的距離。

趙佶嘆了口氣，道：「朕千攔萬阻，終究還是讓沈傲奸計得逞了，哎，他便是死，也要對朕敲骨吸髓，他就是這麼一個不肯吃虧的人。」

這一句話似是埋怨，卻又帶著幾分溫情，更多的是複雜，左右搖擺之後，他握住安寧的手，道：「罷了，罷了，朕就成全你吧。」

安寧繯首點頭，雙肩微微抽搐，眼淚終於不再抑制，撲入趙佶的懷裏慟哭起來。

一個時辰後，趙佶喝了一碗米粥，總算恢復了幾許精神，楊戩、趙宗跪進，默不作聲。

頭戴著通天冠，身穿著冕服，趙佶渾身上下變得神聖起來，他步履下地，眼眸穿過通天冠前的珠簾左右逡巡，目光變得銳利起來。

「人都來了嗎？」

「回稟陛下，蘇州府上下犯官一百二十四人，悉數候審。」

「其餘的小魚小蝦先暫且丟到一邊，蘇州知府常洛，江南西路提刑使金少文，蘇州造作督造馮鹿，這幾個先帶到堂上去，朕要先問問他們。還有他們的家眷都控制起來，這筆帳，朕和他們慢慢地算！」

「家眷都已控制了，沒一個人落下。不過……」

「你說。」

楊戩陰惻惻地道：「陛下，老奴得知，副宣撫使蔡攸二十天前就到了蘇州，一直住在造作局。」

「蔡攸？」趙佶微微一愣，隨即冷笑道：「你這般一說，朕倒是有了點眉目，哼，他太放肆了，虧得朕待他不薄，將人押起來。」

「已經押起來了，老奴斗膽一言，這件事，蔡攸脫不了干係。」

趙佶冷哼：「脫不了就讓他死吧。」這一句死字說完，趙佶已大搖大擺地迤邐著長

長的冕服走出寢臥。外頭的天氣萬里無雲，爽朗得與這肅殺的氣氛不符，趙佶旁若無人，大步而去。

蘇州府衙門已完全被禁軍控制，如今差役一個個跪在衙外的照壁之下大氣不敢出，廊下，是一個個上了木枷的犯官，這些平時的大老爺，如今一個個穿著囚衣，垂頭喪氣。

在這沉默中，許多人的內心已是翻江倒海，大多數人仍然不知到底發生了什麼事，只是眼前所發現的事告訴他們，這一切過於反常，反常得讓人透不過氣。

刑不上大夫，禮不下庶人，這個規矩此刻已經打破，還未定罪，他們的待遇連普通的囚徒都不如，這是大宋開朝以來前所未有的事。

只是這暴風驟雨的背後，到底隱藏著什麼？

只有寥寥幾人知道，蔡攸、馮鹿跪在地上，身體忍不住地開始顫抖，尤其是馮鹿，已是幾次昏厥過去，他心裏已經明白，連蔡攸都不能倖免，自己更是絕無生路了。

倒是蔡攸，雖然心中惶恐不安，可是心裏仍然還留存著一線生機，他太瞭解官家了，官家是個好謀不斷的人，腦袋一熱，或許會固執地去做某件事，可是過不了多久，他又會變得優柔寡斷起來。

更何況他蔡攸深得聖眷，當年與陛下關係極好，出入宮禁，如履平地，蔡攸僥倖地想：「只要陛下看見了自己，心裏一軟，一定會從輕發落。」

蔡攸甚至有些得意，待他去除了枷鎖，大搖大擺地走到官家面前，坐著看這些蘇州官員倒楣，也算是一件樂事，想必那金少文和馮鹿見了，一定會很吃驚吧！

至於挨著蔡攸的金少文，也是說不出的平靜，他抿著嘴，雖然披頭散髮，眼下有些許浮腫，卻仍是保持著筆挺的跪姿，只是看著幽深的衙堂大門，見到幾個禁軍緊張地進出。

斜陽灑落，恰好側過長廊的天窗照射在他們身上，讓一張張各懷心事的臉，變得更加清晰起來。

沉默之中，突然傳來一聲刺耳的聲音：

「皇上駕到……」

金少文、馮鹿、蔡攸、常洛四人跪在堂下，坐在案首的，是趙佶。

趙佶如刀的目光在四人身上掃過，眼眸中有一種淡漠，淡漠的讓人忍不住顫抖。

他並不開口，只是看著他們，眼眸半瞇著，似要活剝了他們的衣衫，撕開他們的皮肉，直窺他們的心底深處。

左右兩側分別是趙宗和楊戩，楊戩此刻已經理出了幾分頭緒，一雙眼眸怨毒的盯住蔡攸，冷笑連連。

就在幾日之前，他和蔡攸一直維持著一種說不上太壞的關係，當年蔡攸在汴京，與楊戩的關係不錯，逢年過節，總是會下一道拜帖，偶爾在宮中聚頭，也都是含笑點頭，或趁著陛下小憩的功夫一道在外殿閒聊幾句。

可是這種關係弱不禁風，如今，楊戩只有一個心思，血債血償！

常洛在四人中官兒最小，一生只在殿試時面見過皇帝一次，誰曾想到第二次面聖，竟是在這個時間、場合，他趴伏在地上，渾身顫抖，頭埋在雙肩之下，不敢抬頭。

馮鹿面如死灰，頹然如癡，明知必死，此刻已如一灘爛泥。

金少文只是跪著，並不說話，臉上水波不興。只有蔡攸昂起頭來，看著趙佶，眼中隱隱有幾分期盼，可是令他失望的是，與趙佶目光相對的一刹那，蔡攸感受到了一股濃重的殺意。

這……還是官家嗎？蔡攸突然感到趙佶變得陌生起來，陌生的像是換了個人，在這凜冽的背後，有一種視他爲待宰羔羊的漠然。

這是怎麼了，才兩年不見，蔡攸的認知好像一下子翻了個個，他突然生出恐懼，一種強烈的恐懼，他危顫顫的希望趙佶再去看他一眼，能看到陛下熟悉的眸光，可是自始至終，趙佶都沒有再去看他。

趙佶只是冷眼看著，足足過了半個時辰，莫說是跪著的人，便是一旁站著的趙宗也有些酸乏，不得不斷的改變站姿。

這個時候，最先憋不住的是常洛。常洛面色慘然，不斷磕頭：「微臣萬死，萬死……」

趙佶雲淡風輕的笑了笑，笑容中好像有莫大的諷刺，懶洋洋的道：「你自己說說看，你爲什麼萬死。」

「微臣惹怒了陛下，所以萬死……」

趙佶沉默，常洛也再不敢說話，頭埋得更低。

過了片刻，趙佶才慢吞吞的道：「馮鹿，你是宮裏出來的，你來說說看吧。」

馮鹿小心翼翼的抬起頭，看到趙佶那漠然的目光，脖後一涼，期期艾艾的道：「沈……沈監造是奴才的下屬，如今畏罪自殺，奴才難辭其咎。」

到了這個時候，他的求生欲望越來越強烈，仍是一口咬定了「畏罪自殺」四個字。

「嗯。」趙佶點了點頭，忍不住又笑了：「他畏的是什麼罪？金少文，你來說說吧。」

金少文朗聲答道：「謀逆。」

「這就沒有錯了，謀逆大罪，畏罪自殺倒也情有可原，你們說是不是？」

馮鹿彷彿看到了一線生機，忙不迭的道：「對，對，不過這件案子還沒有定論，他便這樣死了，奴才實在是愧對陛下，請陛下降罪。」

「好吧，那朕就降你的罪。」猶如貓戲老鼠，趙佶抬著眼皮瞄了顫抖的馮鹿一眼，道：「掌嘴三十。」

一個虎背熊腰的禁軍提著手板上前，另一個死死的夾住馮鹿的下頷，將馮鹿的臉朝向趙佶，隨即啪啪板聲入肉的聲音清脆傳出，幾個板子下來，馮鹿的嘴巴已是血肉模糊，嗚嗚求饒不絕。

三十板下去，馮鹿已是痛得失去了知覺，鮮血四濺，那禁軍一鬆開他的下頷，他便翻了白眼暈死過去。

皇帝還要問話，自然不肯他就此昏死，於是有人提了一桶涼水潑在他的身上，馮鹿打了個機靈，目眩的左右四顧，又駭然的跪伏在地。

第一五九章
蔡攸跌倒，趙佶吃飽

造作局上下官員都已悉數控制，蔡攸倒臺，馮鹿伏法，
整個造作局，哪裡還有誰敢對這沈監造有什麼異議？
再加上那明火執仗的某軍的威懾，他們已經明白，
造作局大勢已去，任何僥倖都落不到好下場。

趙佶目光終於落在蔡攸身上，蔡攸吞了吞口水，期期艾艾的道：「陛下。」

「他們不說，你來說。」

「臣不知道。」

「你會不知道？」趙佶只是冷笑，死死的盯住他。

蔡攸可憐兮兮的跪在地上，他寧願這個時候趙佶親手痛毆他一頓，也絕對承受不起趙佶這種淡漠的目光和不可捉摸的冷笑。他顫抖著聲音道：「微臣真的不知道。」

「你來蘇州做什麼？」

「我……微臣來蘇州只是遊玩，臣萬死，不該拋棄職責，跑到這蘇州來，只怪臣的玩心太重，一時鬼迷心竅，請陛下重懲。」

「蘇州好玩嗎？」

「……」

「把頭抬起來。」

蔡攸如喪家犬一般抬頭，與趙佶的凌厲目光對視。

「朕在問你的話，蘇州好玩嗎？」

「臣萬死。」蔡攸又將頭重重垂下。

「看來你是不肯答朕的話了？」

「好……好玩。」

趙佶冷笑一聲：「那朕問你，沈傲的死也是你玩出來的結果？」

「陛下誅心之言，臣不敢受，微臣與沈傲素未謀面，微臣害死他做什麼？」

趙佶嘆了口氣，道：「居安……」居安是蔡攸的字，往常趙佶一直這般叫他：「朕自問待你不薄，天下幸臣之中，朕是最能容你的。」

蔡攸作出很羞愧的樣子：「微臣有負陛下信任，竟擅離職守，罪該萬死。」

「你還在狡辯？」趙佶猛地拍案而起，臉色潮紅，鮮紅的眼眸死死的看著蔡攸。

蔡攸嚇了一跳，全身打了個冷戰，心裏卻明白，一旦認了罪，就是死路一條，與其如此，不如死咬著失職不鬆口，咬咬牙，道：「微臣沒有狡辯，該是臣的罪，臣認罰，不是臣的，也絕不敢認。」

趙佶坐下，厭惡的看了他一眼：「你記住這句話。」隨即目光落在金少文身上：「金少文，你是刑名出身，栽贓陷害大臣是什麼罪過，你清楚嗎？」

金少文拜伏道：「栽贓陷害大臣，流配三千里。」

趙佶搖頭，臉上似笑非笑：「不對，是滿門抄斬，夷三族，這是朕說的。」

蔡攸、馮鹿不禁打了個冷戰，雙肩聳動。

金少文道：「微臣明白。」

「好吧，你來說說看，你明白什麼？」

金少文道：「微臣不該聽信奸人之詞，衝撞了沈監造。」

「哪個奸人？」

金少文垂頭：「臣不敢說。」

趙佶看向蔡攸一眼，道：「朕來問你，沈傲是不是你害死的？」

「臣不敢。」

「不敢是什麼意思？」趙佶步步緊逼。

「沈監造深得陛下寵幸，微臣縱有天大的膽子，也不敢對他下手。」

「哼！」趙佶的忍耐已經到了極限，手中不自覺的去摸了驚堂木，厲吼道：「你們還有什麼不敢的？你不說？來人……」

「陛下。」金少文膽子倒是不小，竟是這個時候打斷趙佶，道：「陛下若是不信，微臣可以請人證明。」

「證明？證明什麼？」

「證明微臣確實不敢謀害沈監造。」

「證人在哪裡？」

「請陛下少待，證人馬上就到。」

「好，朕等！」

趙佶靠在後椅上，已經有些煩躁了，好不容易舒了口氣，才闔目小憩一會兒。

正在這個時候，有人進來稟告：「陛下，有一人求見，聲言是金大人證人，要爲金大人作證。」

「傳！」趙佶張眸，這是他最後的底線，若是再問不出，他並不介意立即將人全部推出去斬首。

一個人跨過門檻進來，趙佶一愣，看到了一個熟悉的人影，一張熟悉的臉，還有那張再熟悉不過的笑，他一時呆住，腦子嗡嗡作響，手撫著桌案，不斷的眨眼。

「哇，有鬼！」趙宗尖叫一聲，整個人立即彈開。

「咳咳……」

來人很尷尬，光天化日，被人當作了鬼，真是豈有此理。朝趙佶的方向下拜，朗聲道：「微臣沈傲見過陛下！」

趙佶：「……」

不止是趙佶，所有人都呆住了，楊戩下巴都要掉下來，一雙眼睛上下打量沈傲，隨即又揉揉眼睛，忍不住道：「咱家是不是在做夢？」

蔡攸、馮鹿看到沈傲，更是駭然無比，眼珠子都要突出來。

沈傲站起來，手裏搖著一柄扇子，想來這幾日他過得不錯，洋洋自得的道：「諸位這樣看著我做什麼？難道沈某人又俊俏了幾分？」

趙佶嘗試的喚了一句：「沈傲……」

「臣在。」沈傲立即反應，中氣十足。

趙佶眼眸中掠過一絲狂喜：「你沒有死?!」

沈傲苦笑：「都說好人不長命，禍害活千年，可是微臣雖說是個好人，偏偏命還挺長，怎麼能輕易去死？」

這種爲自己立牌坊的口氣，不是沈傲那才是鬼了。

趙佶已經不知該用什麼表情去面對這個傢伙，喜極而泣？他哭不出來，狂笑不止？這個傢伙實在討人厭，趙佶笑不出。他深吸口氣，當著眾人的面，抖擻精神，擺出一副君臨天下的氣度，道：「這幾日你去了哪裡？」

沈傲道：「微臣接了陛下的旨意，馬不停蹄趕到蘇州，所謂食君之祿、忠君之事，陛下要我調查造作局貪瀆之事，微臣豈能懈怠，莫說是刀山火海，是閻羅地獄，微臣咬咬牙，也要去硬闖一闖，微臣的忠貞勇敢，膽大心細，是朝廷裏出了名的，所以這幾日當然是在查案，否則豈不是浪得虛名？」

趙佶哭笑不得，心裏隨即憤怒地想：「這個傢伙，不知賺了朕多少眼淚去！哼！原來是玩死而復生這套把戲！」

雖是埋怨，趙佶卻是欣喜極了，盤繞在心頭的陰霾如撥雲見日一般清掃而空。這種感覺，彷彿一切心事化爲烏有，讓他整個人的身體都變得輕盈起來。

「得教訓教訓他，居然連朕都敢騙，這還了得？若是不教訓教訓他，天知道往後還會鬧出什麼事來。」趙佶的心裏閃過一絲教訓的心思，可是隨即又否決了，人死復生，安撫都來不及，還是暫時縱容他幾天，過幾日再和他算帳。

「陛下，微臣是來給金少文金大人作證的，金大人確實沒有謀害微臣。」沈傲肅容朝趙佶行了個禮，隨即目光流轉，最後落在金少文身上，朝金少文乾笑道：「金大人這人很好，非但好吃好喝地伺候著我，還日夜噓寒問暖，微臣感激他都來不及呢！」

「沈大人客氣。」金少文面無表情地看了沈傲一眼，沉聲道。

趙佶頷首點頭：「去了金少文的枷鎖，讓他下去歇息吧。」

沈傲阻止道：「且慢，金大人現在還不能歇息，待會兒的一場好戲，還要請金大人登臺連袂演出呢。」

趙佶只好搖頭：「那好，就等等再說。」

沈傲又走到蘇州知府常洛跟前，對嚇癱了的常洛道：

「這位常大人與此事無關，陛下不如放了他。」

常洛抬眸，感激地看了沈傲一眼，激動地道：「謝沈大人。」

趙佶揮揮手：「將常洛和金少文的枷鎖一併去了，給他們賜坐。」

沈傲一步步走向馮鹿，朝馮鹿冷冷地笑了起來。

馮鹿畏懼地抬頭看著他，滾動著喉嚨道：「沈……沈監造原來還活著，可喜可賀。」

沈傲笑道：「當然，當然，不是還得托馮公公的福嗎？馮公公不死，沈某人怎麼捨得死呢？我們的帳，慢慢地算，好不好？」

馮鹿垂下頭，萬念俱灰。

接著又走向蔡攸，沈傲朝他抱抱拳：「蔡大人，久仰久仰，大人的風采實在是見面不如聞名，不如我們先來算算帳吧，謀害我的事，是不是你指使的？」

蔡攸冷笑，大喝道：「你胡口攀扯什麼，你自己收藏禁品，還誣賴到我身上來？陛下，既然沈傲沒死，微臣斗膽，要告沈傲謀逆之罪，他的罪不說清楚，微臣不服！」

趙佶正要發作，想不到蔡攸到了這個時候還懷著魚死網破之心，其實他哪裡知道，蔡攸左思右想，已經明白若是不作出反擊，一旦坐實了謀害沈傲的罪過，只怕很難倖免，與其如此，不如將這水攪渾，反正沈傲脫不了謀逆的嫌疑，只要一口咬定，當著這麼多人的面，就算陛下包庇，臨死也可拉個墊背。

沈傲微微一笑：「謀逆？我哪裡謀逆了，你說。」

他注視著蔡攸，那清澈的眸子裏，殺機畢現。

蔡攸卻是不怕他，他爲官多年，什麼樣的場面沒有見過？更何況在邊鎮，那殺人見血的勾當他也見得多了，這個時候，他不斷警告自己要冷靜，齜牙冷笑道：「你還想抵賴？那一枚前周的御章就是明證，那是前周皇帝的御用之物，你爲何私自收藏？」

沈傲驚訝道：「我收藏了前周的御用之物，這話從何說起？」

蔡攸看了趙佶一眼，見趙佶冷眼旁觀，便大了幾分膽子：「這件印章，已經被提刑司收藏起來做了證物，叫他們取來，一看便知。」

話音剛落，他看了金少文一眼，頓時想起金少文既然沒殺沈傲，替沈傲掩藏證物也大有可能，於是便道：「不過，金少文與沈傲一丘之貉，你們二人本就是同謀也不一定，這個印章，金大人不會說已經丟失了吧？」

這句話厲害，連帶著將金少文也拉下了水，若是金少文不將印章拿出來，便可以說金少文也是謀逆的同黨。

金少文淡淡地道：「印章確實是在我這裏。」他欠身坐著，諷刺地看著蔡攸，捋鬚

道：「請陛下讓微臣去取了證物來。」

趙佶頷首。

過不多時，一個提刑司押司帶著一件錦盒來，將證物放在趙佶的案頭，沈傲含笑站在一旁，並不說話，倒是蔡攸一下子激動起來。好戲來了，只要這證物讓陛下看到，沈傲謀逆的嫌疑無論如何都洗不脫的，到了那個時候，自己只管咬緊他，將這樁案子變成糊塗案，或許還有一線生機！

趙佶饒有興致地打開錦盒，從錦盒裏取出一枚印章，印章的樣式古樸，表面雕有雀兒花紋，在大宋之前的亂世，雀兒的紋飾很是流行，周世宗柴榮行伍出身，誰曾想到一枚雀兒印最終成爲天子的印璽。

趙佶看著這古物，顯得興致勃勃起來，他最愛鑑賞奇珍，這印兒雖然古樸，卻是柴榮身前御用之物，自然忍不住要好好品鑑。

印兒應當是真的，趙佶鑑寶多年，多少有些心得，更何況這印兒不過百年光景，還算不得什麼久遠的古物，許多古籍都有當時雀兒印的記載，因此一一印證下來，從紋飾到材質，都沒有差錯。

隨即，趙佶不禁皺起眉頭，若是這印是真品，那可惡的蔡攸又一口咬定沈傲私藏禁物，這件事只怕不會輕易甘休，不說別的，就算他將此事置之不理，那言官也必然紛紛彈劾，這不是小事，堂堂天子近臣爆出如此醜聞，不會這麼簡單就了事。

蔡攸見趙佶爲難的神色，已猜想到趙佶必然看出了雀兒印是真跡，頓時冷笑道：「陛下，罪臣想問，收藏禁品是什麼罪？便是皇子、宗室，若是敢收藏冕服、御帶，也要下獄會審，沈傲不過是個臣子，罪臣希望陛下立即鎖拿沈傲，以正視聽。」

趙佶沉默著，面帶寒霜，厭惡地看了蔡攸一眼，卻一時拿他沒有辦法。

正在所有人爲難之際，沈傲撲哧一笑，打破了這沉寂，笑嘻嘻地道：「咦，這明明是我自己做來玩的雀兒印，怎麼到了蔡大人口裏，卻成了柴榮的御用品了？蔡大人，你這一手栽贓陷害的本事倒是高明。」

他掰著手指頭道：「你現在查實的罪名有瀆職、貪墨、擅離職守，此外還有謀害大臣，如今再給你加一條栽贓陷害。」

蔡攸冷笑著不去理他，冷聲道：「任你胡說八道，這干係你也洗不脫。」

沈傲只是微笑：「那我就洗給你看。」說罷，他走到趙佶跟前，對趙佶道：「陛下何不翻開那印，看看這印上寫著什麼。」

趙佶方才只顧看材質和紋飾，印章的字面倒是一時沒有認真去看，因爲字跡有些模糊，聽了沈傲的話，連忙翻轉雀兒印，認真去辨認印章的刻字。

「來人，點燈來。」

楊戩自從見了沈傲，整個人彷彿都精神煥發起來，連連朝沈傲擠眉弄眼，此時聽了趙佶的吩咐，立即去掌了燈來，移到趙佶的案前，趙佶再去辨認，臉色越來越古怪，抬眸看了蔡攸一看，又看了沈傲一眼，吸了口氣，拼命咳嗽。

「陛下，不知這上頭的刻字寫的是什麼？」沈傲笑呵呵地問。

趙佶繼續用咳嗽去掩飾尷尬，卻是不肯說。

這一下沈傲不依了，苦笑道：「陛下若是不說，微臣就是跳進黃河，這謀逆之罪也洗不脫了，求陛下當場說出來，讓微臣沉冤得雪。」

「咳咳……」趙佶咳嗽得更厲害了，張開口，倒是想將印章上的字說出來，可是這句話梗在喉頭，當著諸多人的面，有些不好開口。

「陛下……」沈傲帶著悲戚，已是受不了趙佶這般泡磨菇了。

「嗯，你等等，朕說。」被沈傲逼得沒辦法，衙中這麼多人都側著耳朵，就等趙佶發言，好像此時不說，就對不起聽眾了。

趙佶深吸了口氣，終於還是一字一句地看著印章的刻字道：

「蔡……攸……是……個……王八蛋！」

鴉雀無聲，所有人都呆住了，包括楊戩、趙宗，包括蔡攸、馮鹿，只有沈傲一下子跳將起來，手指蔡攸高聲道：

「大家快聽，身爲人臣，連陛下都說他是王八蛋，可見這人已是無可救藥，可惡到了極點，蔡攸，你還想說什麼？你再怎麼抵賴，今日也死定了，方才你誣賴我，說這印章是前朝皇帝的印璽，那我問你，莫非那周世宗柴榮上知天文，下知地理，能掐會算，以至於早就知道百年之後天下出了一個王八蛋，此人叫蔡攸嗎？否則爲什麼要將這句話刻在印璽上？

「哈哈，你不要抵賴了，你這王八蛋，現在非但是世宗說你是王八蛋，便是陛下也說你是王八蛋，你爹是王八，兄弟是王八，祖宗十八代都是王八，你這王八非但做得好，而且還做到了人盡皆知的地步，不但陛下知道，連周世宗都未卜先知……」

這一聲大喊之中，頓時傳出哄堂大笑，尤其是幾個站堂的禁軍，這些人本就是粗漢子，方才陛下道出那七個字時尚且還忍得住，此時沈傲這一叫，便再也忍不住了，皆是放聲大笑，眼淚都快要出來了。

蔡攸嚇癱了，那七個字自陛下口中一個字一個字迸出來的時候，他就感到不對勁，等到沈傲一番話喋喋不休地說出口，蔡攸最後的一點神智都變得渙散起來。

蔡攸現在才知道，自己設下的妙策，竟早被沈傲化解於無形，他心裏恍然大悟：

「是了，沈傲早在禮物中發現那枚雀兒印，也早就有了安排！」

只是……蔡攸難以置信地繼續想：

「那雀兒印如此古樸，尋常人哪裡能看出它的來歷？便是那些鑑寶的高手，只怕也需花費幾天的功夫查閱古籍、辨明真僞，早就聽說姓沈的精通鑑寶，就算如此，怎麼可能這麼快就發現雀兒印所暗藏的玄機？除此之外，短時間之內，沈傲居然還製作出了一枚贗品以假換真，哪有這般容易！」

蔡攸的心沉到谷底，忍不住唏噓：天亡我也！

蔡攸臉色羞憤，恨不得尋個地縫鑽進去，他自詡聰明，誰知別人早就看穿了他，他自以爲天衣無縫的詭計，在別人眼裏不過是小孩子扮家家，虧得他在此之前還洋洋得意，自以爲一切盡在掌握之中。

「王八蛋……啊，不，蔡大人，你自己說說看，你是不是栽贓？沈某人隨便雕個雀兒印自己拿來把玩，你卻說這是周世宗的御寶，還要陷沈某人一個謀逆的罪名。這一樁罪，我們暫且記下。」

沈傲看向金少文，笑吟吟地道：「金大人是最通刑名的，可知道陷害栽贓大臣，又貪墨瀆職，數罪並罰的話，依律，該如何處置？」

開始聽沈傲胡言亂語時，全場哄然大笑，金少文也有些忍俊不禁，可是後來沈傲居然口不遮攔地說蔡攸的爹是個王八，金少文頓時噤聲，立即板起了臉，蔡攸的爹不就是蔡京？

蔡京乃是他的靠山，身爲蔡京的門生故吏，別人指桑罵槐地罵蔡京是王八，這還了得。他雖然不敢去辯駁，卻也絕不敢再露出笑臉，只好咬著唇，將眼前的笑話憋在肚子裏。

見沈傲將難題甩到自己身上，金少文猶豫了一下，道：「依律，當斬！」

沈傲抿了抿嘴，笑吟吟地退到了一邊，等候趙佶的處置。

趙佶厭惡地看了蔡攸一眼：「拖下去，關押起來，先削除他的官爵，廢爲庶人，永不敘用，至於如何處置，朕再思量思量。」

雖是對蔡攸已經生出了厭惡，可是蔡攸畢竟是蔡京的長子，趙佶處置起來，不得不留下一線生機，如今沈傲這傢伙活得好端端的，也不必去爲他報仇了，所以趙佶做起決定來，倒是保留了幾分清明。

「至於造作局督造馮鹿……」趙佶不客氣地看了那嘴巴稀爛得翻著碎肉的馮鹿一眼，道：「斬立決！」

馮鹿徹底地癱倒在地。

「蘇州知府常洛，罰俸一年。」

常洛很是慶幸：「下官願意領罰。」

「其餘的官員，都去了枷鎖，各自回去公幹。」

這一棒高高揚起，最終因爲沈傲的死而復生，最終還是輕輕放下，所有人都不由慶幸地吁了口氣。只是蔡攸和馮鹿就沒有這樣的幸運了，馮鹿丟了性命，連後悔的心思都沒有了。

至於蔡攸，就在不久之前，他還身爲太傅，坐掌軍機，如今卻一下子廢爲庶人，官爵悉數剝去，就如失去了蛋殼的蛋清，已經明白那榮華富貴和自己再無緣分，數十年的辛勞毀於一旦，欲哭無淚。

其餘人盡皆散去，趙佶與沈傲在寢臥裏相對而坐，趙佶板著個臉，絲毫沒有方才的喜悅，嘴唇打了個哆嗦，便是一聲痛斥：

「你就算要玩這一套回馬槍的把戲，爲何不事先知會朕？哼，你真是越發大膽了，下不爲例，若還有下次，朕一定不會輕饒你。」

沈傲低眉順眼地說：「是，是，陛下教訓得對。」

「對？對個什麼，你口裏應得歡，朕的話你哪一句真正聽進去過？」

「這一次聽進去了，真的！」沈傲作出一副真誠悔過的樣子。

趙佶這一頓火氣，又打在了棉花上，沈傲這傢伙便如那肚子裏的蛔蟲，該硬是絕對不軟，可是趙佶要板起臉來教訓他，他立即又換上一副誠心悔過，後悔不及的嘴臉，讓趙佶想好的措辭，無力再發洩出來。

嘴角抽搐一下，趙佶在心裏安慰自己：「何必要和這渾人生氣。」於是便忍住一肚子的怨氣，道：「那雀兒印是你僞造的？」

沈傲如變戲法一般，從袖子裏拿出一枚真正的雀兒印出來，將馮鹿送禮，他發現雀兒印的古怪，隨即又僞作了一件贗品的事一一說出來，隨即將真品送到趙佶的手裏，道：「當時我見他們送來此印，心知他們已經做好了最壞的打算，若是微臣不和他們同流合汙，一定會冤枉微臣謀逆，所以早有了準備，製作了一件贗品，而真正的印兒，卻隨身帶在微臣的身上，這件東西微臣不敢要，只有陛下才有把玩的資格。」

趙佶接過印，忍不住道：「你僞作的贗品竟是騙過了朕的眼睛，不錯。」

沈傲笑了笑：「陛下過獎，微臣有的只是雕蟲小技罷了。」

趙佶沉著臉站起來，負著手在房中慢慢踱步，漫不經心地道：「朕想不到造作局背後竟如此複雜，連蔡攸都參與此事，這個蔡攸，朕既要重懲，又要留有一線，朕的難處，你能明白嗎？」

「明白。」

「這就好，不過這造作局，還要繼續查下去，至於那蔡攸，該不客氣的也不必客氣，朕已經下了旨，查抄蔡攸的家財，這是他自己做的孽，怪不得朕。」

一番對話，趙佶已是疲倦得再無氣力了，好幾日輾轉難眠、食不甘味，方才一直在勉力支撐，現在整個人一下子從激動中鬆懈下來，疲倦地搖搖手：

「造作局的事，你繼續去查，朕先歇一歇，待朕醒了，還有話和你說。」

沈傲正要走，趙佶突然又在後面叫住他，沈傲回眸，看到趙佶的眼眸中變得殺機重重：「你大可以便宜行事，該殺的殺，該刺配的刺配，就是抄家夷族，也不必怕，朕爲你擔著。蔡攸能僥倖活著，是虧得你還沒有死，否則蘇州大小的官員都要爲他陪葬！」

沈傲咳嗽一聲，掩飾住那閃露出來的一絲感動，點了個頭，便跨步出去。

出了趙佶的寢臥，沈傲揉揉眼睛，口裏說：「風沙很大，吹得我眼淚都出來了，咦，難道是我被那臭皇帝感動了嗎？不會吧，哥的初淚啊。」連忙將頭仰起來，要讓那幾滴眼眶裏的淚縮回去。

「沈傲。」

這一句叫喊嚇了沈傲一跳，有一種做賊被人窺視的羞愧感，立即腦袋一甩，動作看上去很炫酷，卻是故意要將淚水甩乾，抬眸看了來人，才鬆了口氣：「岳父大人。」

楊戩笑呵呵地過來抓住他的手：「咱家還真以爲你死了呢，早該知道你這人詭計百出，死不了的。」

沈傲心裏叫：「岳父大人，求求你不要再感動我了，留給小婿一點尊嚴好不好。」

楊戩吁了口氣，繼續道：「幸好，幸好，若是你死了，咱家回去，真不知該如何向蓁蓁交代，沈傲，你怎麼了？是不是被風迷了眼兒，你還遮眼做什麼，嚇，你遮眼也就是了，怎麼連臉都遮起來了，你別走啊，咱家還有話和你說。哎……」

看著某人倉皇逃竄，楊戩不由地嘆氣道：「這個孩子。」

一大清早，沈傲雷厲風行地召集禁軍，直接入駐造作局。

造作局上下官員都已悉數控制，蔡攸倒臺，馮鹿伏法，整個造作局，哪裡還有誰敢對這殺氣騰騰的沈監造有什麼異議？再加上那明火執仗的禁軍的威懾，他們已經明白，造作局大勢已去，任何僥倖都落不到好下場。

沈傲先向他們訓話，聲言他們只要願意招供，奉還貪瀆所得就不追究他們的罪過，非但如此，沈大監造還極爲體貼地爲他們留了後路，只要自願上繳贓物，還可奉還一些銀錢，不至讓他們將來沒有生計。

沈傲傳達的訊息只有一個，坦白從寬，既往不咎。

如此寬宏大量的態度，倒是讓不少人鬆了口氣，隨後，一個個人開始過堂，前頭幾個倒是老實，願意退贓，沈傲只叫幾個禁軍隨他們去清點，一抬手，放了他們一馬。到了第四個人進來，此人是造作局應奉，名叫莊嚴，莫看他弱不禁風的身板，口氣卻是不小，翹著腿坐在堂下，慢吞吞地道：「下官為人清白，一分一釐都未貪瀆過。」

沈傲心平氣和：「你再想一想，或許想起來了也不一定。」

莊嚴笑了笑，故意裝作沉思的樣子，片刻之後才笑道：「想起來了，是有那麼一次，收了一名商戶一角銀子，大人，下官這就退贓。」

沈傲朝著他微微地笑了：「這就不必勞動莊大人了，還是我叫人去吧。」笑容也漸漸地變得冷冽起來，道：「來人，點齊人馬，去這位莊大人的府邸，抄家！」

嚴正以待的禁軍應命，吆喝一聲，立即一隊禁軍迅速揚長而去。

莊嚴大驚失色地道：「沈大人，你這是什麼意思？本官犯了什麼罪？你沒有證據，又憑什麼抄家？嚇，你當莊某人是好欺負的嗎？哼，童公公……」

沈傲氣定神閒地打斷他：「童公公是你什麼人嗎？這好極了，童公公的府邸在哪裡，一併抄了！」大手一揮，從籤筒裏抽出一根籤令去。

周恆在旁拼命咳嗽，好心提醒道：「大人，童公公的府邸離得遠，在汴京呢。」

「哦。」沈傲舒緩了臉色，道：「那就等回到汴京再抄吧，不急，先抄莊大人的，一個個來，要先來後到，這是規矩。」

沈傲好像毀人不倦的太學博士，手在半空隨著語速不斷揮舞，說起話來慢條斯理，偶爾再停頓一下，很有授課的樣子。

莊嚴臉色鐵青，只是冷笑，二人一直坐著，像是卯足了勁，看誰憋不下去。

一個時辰之後，一個禁軍闊步進來，抱拳道：「抄出來了，銀錢堆積如山，珍寶無數，末將正在清點。」

沈傲的笑容一閃不見，隨即狠狠地盯著莊嚴，一字字冷笑道：「莊大人該怎麼解釋？」

「我莊家本是大族，有些錢財又有什麼稀奇？」

「大族就好，好得很。」沈傲撫著案，漫不經心地道：「那就夷三族吧，反正他們家裏人多，押下去！」

莊嚴一下子給唬住了，以爲沈傲是在開玩笑，嘴唇蠕動一下，正要開口，可是如狼似虎的禁軍卻不給他機會，已將他強拉下去。

沈傲對一旁的周恆道：「小恆恆，你是不是覺得姐夫很壞？你記住我今天和你說的話，一家哭何如一路哭？殺了一家姓莊的，救的是千家萬戶，到了這個時候還敢如此跋扈，真是活膩歪了。」

第一六〇章
防火防盜防沈傲

安寧抿著細唇道：「父皇說得沒有錯，叫防火防盜防沈傲。」

這句話有點耳熟，沈傲一想，這還是自己和趙佶說過的，

想不到這皇帝竟是用去教唆女兒，心裏大是汗顏，很有搬石頭砸自己腳的悲哀。

蘇州的春日，雨水漸多，雨絲兒像牛毛，像花針，像細絲，密密地斜織著，滴滴答答落個不停。

沈傲撐著蘇州特有的百花油傘，成日在蘇州閒逛。

當然，沈大監造絕不是無業遊民似的逛蕩，抄家的抄家，繳贓的繳贓，該拿的拿，該放的放，該殺的殺，抄家滅族的也是不少，一些罪大惡極的，看不清形勢的，沈傲並不介意亮出屠刀，讓他們知道花兒爲什麼這樣紅。

蔡攸和馮鹿的徹底垮臺，整個造作局樹倒猢猻散，尤其是那莊嚴死狗一般被拖下去的一剎那，造作局上下，連最後一點僥倖之心都變得蕩然無存。

從出汴京開始，沈傲就明白，造作局樹大根深，牽涉的利益太多，若是沒有一個大人物垮臺，整頓起來絕沒有這般容易，朝廷上下上千人的生計飯碗，豈能說砸就砸？

所以從一開始，他就與蔡條僞造蔡京的信箋，先來個打草驚蛇，按照沈傲的估計，要嘛是童貫，要嘛是蔡攸，這二人必有一個會悄悄抵達蘇州，以便收拾殘局。

之後是馮鹿送禮，沈傲最擅長的就是陰謀詭計，哪裡會不多留一個心眼，也虧得他鑑寶能力天下第一，否則那枚雀兒印說不準還真落實了一樁大罪。

至於提刑使金少文，不過是蔡京門下的一條狗，他自然明白，蔡家的繼承人是蔡條，而非與蔡京反目的蔡攸，這一趟來的不只是沈傲一人，便是蔡條，也悄悄地來了，就住在金少文的家中，在這蔡二爺面前，金少文言聽計從，不敢有絲毫忤逆；更何況金少文爲官多年，也絕不是個給人當槍使的角色，他沒有蔡攸那樣的自負，心裏明白在皇帝面前，沈傲的分量不比蔡攸要輕，真要殺了沈傲，皇帝追究起來，以蔡攸的性子，多半是要將他拿出來做擋箭牌。

人是他殺的，抄家滅族就少不了他。這種事，他豈能去做？

蔡攸死就死在剛愎自用上，其實沈傲此前早就分析過他的心理，像他這種寵臣，一生順風順水，總是認爲自己犯下了滔天大罪，也會有人兜著，說他不知天高地厚也不爲過，所以沈傲將計就計，製造一個假死，一方面麻痺造作局，讓他們放鬆警惕，另一方面，下定皇帝懲處造作局的決心。

如今大局已定，一切都變成了旁枝末節，坦白從寬，抗拒從嚴，要活命，就把吃下去的都吐出來，捨不得？那就殺吧，誰也別想做犧牲自己一個、幸福一家的美夢，因爲沈傲是會夷族的。

一大清早，沈傲便趕往州府衙門，這蘇州的油傘好看，撐在手裏，有一種挺拔俊秀的美感，只可惜只擋得了綿綿細雨，若是遇到夏日的驟雨，天知道會落魄成什麼樣，一腳進了衙門，沈傲收起傘，跺了跺靴子上的泥，旁若無人地往裏面走。

整個衙門的前堂還有人在辦公，後頭卻全部騰了出來，成了暫時的行宮，所以前堂辦公的押司、小吏，都是躡手躡腳的，雖然知道這後衙園子距離這裏甚遠，再大的動靜也難以驚擾得了天家，可是心裏頭有了顧忌，多少有些風聲鶴唳。

見沈傲來了，蘇州知府常洛立即出來相迎，那樣子殷勤極了，一方面是慶幸自己重生，再造爲人，另一方面是感激沈傲爲他說了好話，得以繼續留任；至於罰俸一年，他倒一點都不在乎。

罰俸這種懲罰對京官很有用，尤其是那些清水衙門，一家老小都指著這點兒俸祿過活，罰個一年的俸，那真是天昏地暗，要死要活了。可是對於外放的地方官，所謂的朝廷俸祿一向是可有可無的，人家壓根就不指望這點錢養活一家老小，你能拿他怎麼樣？

和常洛寒暄幾句，常洛也聽到近來的動靜，造作局已有四人抄了家，夷了三族，那一串串的人犯從屋子裏押解出來，看得人心驚膽跳。

常洛一邊說話，一邊悄悄打量沈傲，心裏說這個少年不像個凶神惡煞啊，怎地殺起人來這麼厲害？心裏懷了幾分畏懼，又是慶幸地想：「還好，還好，沒有得罪了這個煞星，否則真要死無葬身之地了。」

沈傲囑咐常洛去坐堂，隨即孤身一人徑直進了後堂，叫人去通報一聲，才進入趙佶的住處，趙佶在小廳裏，正提筆潑墨，作一幅蘇州煙雨的山水畫，沈傲不打攪他，只在一旁看。

待趙佶落筆，抬起頭看了沈傲，便哈哈笑道：「慚愧，慚愧，這幅畫朕作得不好，讓你看了要笑話。」立即叫楊戩將畫收起來，道：「這一趟你雷厲風行，倒是連朕看了都嚇了一跳，你那一本奏疏呈上來，朕就看了，這一本奏疏裏頭，就有四家七十餘口人掉了腦袋，朕一輩子也沒有一次勾決過這麼多人。」

沈傲道：「陛下，有的時候，殺人是爲了救人，對有些人的寬容，只是對更多人的殘忍罷了。這些人的罪名可不是微臣羅織的，都有人證物證，哪一個手裏都有血債在身，貪瀆的銀兩更是數額巨大，不殺，不足以平民憤。殺了，才能以儆效尤。」

趙佶頷首點頭，喃喃道：「你說什麼都能有道理。」

「不是微臣說什麼都能有道理，只是道理站在微臣這邊。」

這一句話噎得趙佶說不出話來，坐下才是又道：「沈傲，你坐下來說話，朕有許多事和你說。」

沈傲心裏想，我也有許多事和你說，便大喇喇地尋了個座位坐下。

趙佶道：「這一次抄沒了多少銀兩？」

沈傲對趙佶的心思算是摸透了，這皇帝好不容易雄起一次，便將主意打到了查抄的銀兩上，還真是夠昏庸的。沈傲老實答道：「現在還沒有清點出來，不過數額巨大。保守估計，應當在四五億貫上下。」

趙佶吸了口涼氣，往年朝廷的賦稅也不過一億五千萬貫上下，這一抄，竟抄了個三年稅賦，實在有些聳人聽聞。

沈傲倒是一點都不震驚，不說別的，這十幾年來，朝廷每年撥付數千萬貫作爲造作局的用度，單這些財政撥款，就不知道中飽了多少人的私囊，況且這些傢伙不但貪瀆，斂財的本事也是一點也不弱，敲詐地方的事更是家常便飯，所謂雁過拔毛，這一筆進項也是天文數字。

他們最擅長的事就是拿著黃紙閒逛，放些潑皮出去打聽誰家有什麼寶貝，一旦有了消息，立即帶著黃紙不管三七二十一，便是橫衝直撞進去，將黃紙往人家的寶貝上一貼，隨即揚長而去。

貼了黃紙，就是說這東西大爺我看上了，好好供奉著，出了差錯，就要你的腦袋，過幾日大爺再來取。

強取豪奪，整個江南不知由著他們刮了多少層地皮，說是爲皇帝進貢花石綱，其實那些珍玩寶貝，能送進宮裏去一成，也算他們有些良心了。

還有些時候，他們看中了某些東西，恰好是人家的傳家寶，人家不捨得拿出，怎麼辦？拿錢來贖，這贖取貢品也是有規矩的，至少一千貫打底，不設上線，不刮你個傾家蕩產，不算甘休。

若不是這樣，何至於當年趙佶即位時，朝廷府庫尚還充盈，自他設立花石綱之後，不出幾年，就已經庫中空空了。

沈傲淡然道：「陛下，微臣這還是往少裏算了，杭州那邊還有，除此之外，繳贓之事任重道遠，吃拿的不止是造作局的人，若是悉數追回來，至少十億貫以上。」

趙佶這下不說話了，不由自主地瞪大了眼睛，心思頓時活絡起來，說起來他追究花石綱，只是受了沈傲的慫恿，心裏頭並不以爲然，直到沈傲詐死，讓他看清了這些造作局官員的可憎面目，才是痛下決心。可是痛下決心的理由只是這些人膽大包天，連沈傲都敢栽贓謀殺。現在得知這些人竟比自己還要富有，這才知道原來抄家追贓有這麼大的好處。

趙佶沉吟片刻，道：「這麼多錢該怎麼花？朕還沒有想好，不過蘇州這裏朕很喜歡，想在這裏建一座行宮，沈傲，你覺得如何？」

在趙佶看來，有了錢當然建大房子，留在手裏做什麼？這些錢最好全部充入內庫，夠他再揮霍個十幾年的。

沈傲只是笑道：「陛下，普天之下都是陛下的土地，陛下何必要建行宮？什麼時候要出來玩，看中了哪個宅子好，直接住進去便是，人家還巴不得沾上陛下幾分龍氣呢。至於這錢，微臣倒是認爲還有一個好用處。」

若是有人板著臉和趙佶說一些不可奢靡的大道理，趙佶是不能接受的，可是沈傲一句普天之下莫非王土，既給了趙佶一個下臺的階梯，也讓趙佶建立行宮的心思單薄了一些，趙佶哂然一笑，自然地打消了這個念頭，問沈傲道：

「你來說說看，有什麼好用處？」

沈傲簡潔地只回答兩個字：「練兵！」

趙佶沉默，一雙眼眸半張半闔，道：「練兵？這麼多錢，十萬禁軍也練出來了，何必要無故增加朝廷的軍費，這件事，朕再斟酌吧。朕還有件事要和你說，安寧那邊的事是你惹出來的，這件事，朕不管了，你自己去處置吧！」

要讓趙佶一下子變成有為的君主，那是不可能的，反正他不拿錢去修什麼勞什子行宮，沈傲倒也不怕他玩什麼花樣。聽趙佶說起安寧的事，沈傲立即豎起耳朵。

「朕不管了」是什麼意思？「你自己去處置」又是什麼意思？沈傲心裏揣摩，一時也不知趙佶到底是什麼主意。

沈傲小心翼翼地道：「陛下當真不管了？」

「不管了！」趙佶吹鬍子瞪眼。

這副樣子，倒像沈傲欠了他一屁股的債。

沈傲恍然大悟，陛下這副很吃虧的樣子，莫非是真的不管了？不管了好，不管了，那就讓安寧和自己拿主意。

沈傲呵呵傻笑，道：「那誰來管？」

趙佶故意拿起桌上的奏疏，不去理他。

「陛下，你倒是給句準話，到底誰來管，總不能讓我來管吧，若真讓我來管，那這一趟回到汴京，我便去皇宮提親了。」

「皇宮提親？有這規矩嗎？天潢貴冑，豈可效仿市井百姓？」趙佶下意識地道。

沈傲明白了，原來娶公主和常人不一樣，是不必從六禮的。眼見趙佶這副很吃虧的樣子，心裏燃起希望，精神一振，掰著指頭絮絮叨叨道：

「既然不提親，那嫁妝是不是宮裏出？這是其一。做了駙馬，我這官職和爵位是不是還能保留，這是其二……」

趙佶手上的奏疏看不下去了，明明是他吃了虧，沈傲這傢伙居然還一本正經地講起條件了！

趙佶板著臉道：「你想得倒是挺好，這件事，還需太后同意，太后那邊點了頭，才是你能做主的，安寧這邊朕不管了，可是太后那邊，朕想管也管不著。你自己思量著吧。」

他臉上抽搐了兩下，似乎在做痛苦的決定，沉吟片刻，才道：

「安寧這幾日心情不好，你去見見她吧，朕聽說虎丘的風景甚美，你先將眼前的事放下，陪安寧去轉一轉，若是惹得她不高興，朕絕不輕饒你。」

「那陛下去不去？」沈傲問道。

趙佶哂然一笑：「朕要將養幾日，你自個兒去吧，不許胡鬧。」

沈傲心裏竊喜：「你不去就太好了。」臉上作出一副難以割捨的樣子：「陛下不去，再美的景致在微臣眼裏也是糞土。」

趙佶啐了一口，只覺得雞皮疙瘩都起來了，揮揮手：「快走，朕這幾日身體不適，多見你一刻，這身子就總不見好。」

等到真正帶著安寧公主出遊，沈傲才知道原來不是自己想像中的一回事。對於男人來說，最受折磨的事是看得見、吃不著。可是對於沈傲來說，卻是明明以爲可以吃著，卻是連看都看不見。

正午時分，晴空萬里，春風習習，沈傲騎著馬，無精打采地走在前頭。至於後頭，是如林的禁衛簇擁的乘輦，乘輦上用紗布遮住，雖是偶有風兒拂過，吹起一角，裏頭卻還有重重的宮紗，反正是嚴嚴實實，密不透風。

沈傲很無語地回眸一眼，吁了口氣，原來這就是帶著公主出遊！

我的天啊！這哪是出遊？

沈傲恨不能愴然淚下，尋個角落大哭一場，卻還要裝出一副威風八面的樣子，騎著高頭大馬，受沿途市井百姓的瞻仰。

偶爾那乘輦邊的宮女會與紗帳中看不見也摸不著的佳人喁喁私語幾句，那宮女隨即快步跟上來，傳話道：「沈大人，帝姬問你是不是累了，若是累了，我們就歇一歇。」

沈傲很豪邁地擺擺手，眼眸深邃有力地看著宮女，讓那宮女受不得他逼人的目光，垂下頭去。沈傲朗朗地道：「才這一點路就累了嗎？若是帝姬累了，我們就歇一歇吧！我是不累的，這裏距離虎丘還有十里路，時候不早，還是不要耽誤時間吧。」

那宮女又回去向安寧竊竊私語，沈傲不好回頭，繼續撥馬前行。走了幾步，宮女又疾步過來，道：「帝姬說她帶了幾樣果脯，問沈大人吃不吃？」

沈傲擺擺手：「告訴帝姬，多承帝姬好意，我心領了，不過果脯，我吃不慣的。」

宮女怏怏回去。

這一路問來問去，走走停停，足足用了一個時辰，終於到了虎丘。遠古時代，虎丘曾是海灣中的一座隨著海潮時隱時現的小島，歷經滄海桑田的變遷，最終從海中湧出，成爲孤立在平地上的山丘，人們便稱它爲海湧山。

虎丘雖已遠離大海，因此踏進頭山門，就看到隔河照牆上嵌有「海湧流輝」四個大

字；進山門後，一座石橋跨過環山河，橋被稱作「海湧橋」；上山路旁的一些怪石，圓滑的石體是因爲海浪沖刷而致；憨憨泉因爲潛通大海，又被稱作「海湧泉」。

沈傲下了馬，巴巴地等安寧下輦。

那乘輦落下，先是一隻蓮足垂地，沈傲抬起頭目不轉睛地去看，只見一隻白玉般的纖手掀開帷幕，顯現出美妙的身姿。

及到落地，沈傲才看清楚安寧披著一襲輕紗般的白衣，猶似身在煙中霧裏，除了一頭黑髮之外，全身雪白，面容秀美絕俗，略帶羞澀地故意不去看沈傲，一雙清澈的眸子去看遠處的小丘，皓齒忍不住露出一線，微笑起來露出一對小巧酒窩，低聲道：「這兒真美。」

沈傲夾縫插針，走過去道：「美是相對的，與那林莽相比，自然是這虎丘最美。可是這虎丘和帝姬一比，就黯然失色了。咦，帝姬不要誤會，我絕不是故意要誇耀你，只是情不自禁，一時脫口而出，恕罪，恕罪。我這個人最討厭奉承別人的，帝姬應當知道。」

安寧還是不去看他，只是那眉眼兒已經拱起來，笑得如含苞待放的花兒悄然綻放，抿著細唇道：「你就會說別人的好話，父皇說得沒有錯，叫防火防盜防沈傲。」

這句話有點耳熟，沈傲略略一想，才有了印象，這還是自己和趙佶說過的，想不到這皇帝竟是改了詞兒，用去教唆女兒，心裏大是汗顏，很有搬石頭砸自己腳的悲哀。
安寧終於瞥了他一眼，隨即又收回目光，道：「怎麼？沈大人生氣了嗎？」
沈傲搖頭，回以讓安寧安心的微笑。

二人連袂上山，一步步拾級上去，宮女、禁軍亂哄哄的尾隨，沈傲翻過身，不許他們跟來。這些人不肯，卻不得不拉遠了距離，不敢過於靠近。
遠離了禁軍和侍從，沈傲才鬆了口氣，二人一路沿著石梯步上山丘，走了幾十級路，安寧有些累了，拿手絹擦了擦額頭上的細汗，氣喘吁吁地吐著芬芳，道：
「沈公子，我累了，我真沒用，跟不上你。」
沈傲有一種詭計得逞的竊喜，道：「不怕，不怕，我拉著你走，要不然我背你也行。」
安寧臉色緋紅：「這麼多人見著，我父皇知道了，一定饒不了你的。」
沈傲脖子縮了縮，咂咂舌，心裏卻很是高興，她不說男女授受不親，也不說沈傲無禮，這便是暗許了兩個人的關係。言外之意就是我是肯的，可是我的父皇不肯。
沈傲便故意湊過去與安寧同坐在一塊光潔的壁石上，二人離得近，幾乎能聽到對方的心跳，一股特異的清香鑽入沈傲的鼻尖，沈傲心思細膩，他依稀記得，安寧平時是不施粉黛的，有的只是一股令人怦然心動的體香，而今日特意塗了香粉，她這是爲悅己者容，還是爲悅他而容？

亂七八糟的奇思妙想，只覺得時間飛逝過去，安寧抿嘴故意去看萬道霞光的天際，沈傲也不好開口，尤其是當著百步之外那密麻如林的禁軍、侍者，一句風吹草動，都被他們聽了去，他心裏悲哀又憤恨的瞪了那無數閃閃發光的電燈泡們一眼，心裏暗恨道：「看什麼看，看人家你情我儂很有意思嗎？」

「沈大人……」安寧捋了額前被風吹散的一縷亂髮，小巧的鼻尖迎著霞光，抿嘴道：「這裏真好，若是讓我一輩子留在這裏，我也願意。」

「……」

「沈大人爲什麼不說話？」

沈傲嘆了口氣：「我在爲虎丘默哀。」

「這是什麼緣故？是了，我若是留在這裏，父皇一定會將這裏封禁起來，不許人靠近，如此美景，卻只能讓人遠遠眺望，真真是讓人惋惜。」

沈傲搖頭：「我的意思是，虎丘若是知道帝姬留在這裏，那世人永遠只記得帝姬，再記不起虎丘了，那它不是要羞愧死？」

安寧羞得不由地垂下頭，看著自己腳下繡著金絲鑲邊的花鞋，道：「虎丘是景物，我是人，如何能這樣對比。」

「世間萬物，都有美醜，爲什麼不能比。」沈傲如做賊一樣壓低聲音道：「在我眼裏，帝姬便是在碎石雜草之中，也能讓一切煥發生機。咳咳……這句話你不要和外人說，你說了，我就沒臉見人了。」

安寧明眸旋過來看著沈傲，矜然一笑：「父皇說你沒臉沒皮的。」

沈傲大是洩氣，這個趙佶，天知道在女兒面前說了自己多少的壞話，真是豈有此理，只好訕訕地道：「那是因爲陛下不理解我，所謂千金易得知己難求，安寧便是我的知己，不會用那些世俗的眼光看我的，是不？」

安寧長睫毛翕動，似喜非喜，啓齒道：「我才不是你的知己，我知道，你今日和我說這些話，過幾日又會這樣和別人說。」

沈傲深以爲然，道：「還是安寧知我，連這些都知道。看來你果然是我的知己。」

安寧被沈傲繞了進去，先是一陣茫然，隨即露齒低笑：「沈大人，你的妻子都很賢慧嗎？」

不知安寧爲什麼這樣問，沈傲望著天穹的萬丈霞光，道：「你這話問得我不知怎麼答了，若是搖頭，將來夫人們知道，一定不依。可若是點頭，帝姬想必會不悅，所以我決心把這個答案藏在心底，哈哈，等我垂垂老矣的時候，拉著兒孫們的手同他們說。」

他故意板著臉，裝作老邁的樣子壓著喉嚨道：「兒子啊兒子，你爹要死了，有些事放不下，不說，不能瞑目，這便一併和你說了，你記在心裏，你的大娘是個……」

「我不聽，我不聽。」安寧發現自己又陷入沈傲的陷阱，這些話若是聽了，自己該當用什麼表情去面對，還是不聽的好。

安寧搖著頭，那一邊的禁軍便湧動起來，大有要護駕的意思。倒是幾個和沈傲相熟的禁軍連忙大叫：「沈大人和帝姬說私房話，不要驚擾，沒有事的。」

於是禁軍們又漸漸安靜，各自裝作欣賞風景，將眼眸別到一邊。

這一舉被沈傲看了個清楚，頓時興致闌珊，望向遠處的山丘，道：「帝姬，天要暗了，我們趕快上虎丘去，好嗎？」

安寧擰著裙帶道：「就怕上去時天就黑了，都怪我，不該沿路耽誤這麼多時間的。」

沈傲表示不怪她，安寧又道：「我們還是在這裏坐著吧，能在這裏欣賞這些美景，安寧就很知足了。我不願意爬上去了，若到了虎丘山頂，看到這虎丘的全貌，就把它看盡了，以後再來，新鮮勁就沒了，又有什麼意思。」

原來帝姬屬於慢熱型的女子，看個景還要看一半留一半！好像只有這樣，才能留下回憶牽掛似的。

沈傲拍著胸脯道：「下一趟我還陪帝姬來。」

安寧心裏高興，俏臉勇敢地微微一緊，悵然若失地道：「就怕父皇再不肯讓你帶我來了。」

沈傲喉結湧動，很想將她摟在懷裏低聲說幾句情話，可是那遠處如臨大敵的禁軍讓他打消了念頭，道：「你父皇已經說了，只要說服了太后，往後我願意帶你來多少趟，他也不管了。」

雖是孤男寡女加上無數的燈泡，沈傲還不忘很陰險地補充道：「你父皇還說，要送一筆天下最厚重的嫁妝給你，嗯，這是你父皇親口說的，不信你回去問他。」

安寧臉色羞紅地道：「這些話，沈大人不必和我說好嗎？」

沈傲這才知道，原來這個時代，談婚論嫁是不能和未出閣的少女說的，要談，去和她爹談。他心裏暗喜，爲能夠黑一把趙佶而暗暗得意，連忙正色道：

「是，是我太孟浪了。帝姬，你看那雲霞多美！夕陽無限好，只是近黃昏，真希望將那雲霞留住，送給你。」

安寧清澈的眸子也被那雲霞吸引住了，在她的眼裏，一抹斜陽淡金似的散落在虎丘上，就像一個形容枯槁的婦人重施粉黛，欲要喚回那逝去的韶華，卻反添了無邊的淒清冷淡破落悲愁，忍不住地道：

「我倒是想起了一首曲兒，只是這曲兒太幽怨，怕沖淡了沈大人的心情。」

沈傲正要說不如安寧唱來聽聽，那一邊一個宮女拾級上來，輕盈的福了福，道：

「帝姬、沈大人，時候不早，若是現在不回去，我們這些奴婢，只怕要受責罵了。」

沈傲心知這本就是一件注定要大煞風景的小聚，無奈地頷首點頭：「那麼，下一次再聽帝姬唱曲兒吧，到時就怕帝姬不肯賞臉。」

安寧遺憾地吁了口氣，連忙道：「我肯的，沈大人，今日一別，不知何時我們又能在此地聚首，你不要再胡鬧了，別再惹人擔心，好嗎？」

連一個未出閣的少女都嫌沈傲胡鬧，沈傲的笑容有點僵硬，短促地點了個頭，也不知是許下還是不肯。

在無數人的監視之下，安寧與沈傲下了石階，沈傲翻身上了馬，安寧也踏入車輦，迎著霞光，近在咫尺卻不能謀面的兩個人打馬回城。

請續看《大畫情聖》十一 金字招牌

大畫情聖 十 折騰天下

作者：上山打老虎
發行人：陳曉林
出版所：風雲時代出版股份有限公司
地址：105台北市民生東路五段178號7樓之3
風雲書網：http://www.eastbooks.com.tw
官方部落格：http://eastbooks.pixnet.net/blog
Facebook：http://www.facebook.com/h7560949
信箱：h7560949@ms15.hinet.net
郵撥帳號：12043291
服務專線：(02)27560949
傳真專線：(02)27653799
執行主編：朱墨菲
美術編輯：許芷姍

法律顧問：永然法律事務所 李永然律師
北辰著作權事務所 蕭雄淋律師

版權授權：蔡雷平
初版日期：2014年3月
初版二刷：2014年3月20日
ISBN：978-986-5803-35-3

總 經 銷：成信文化事業股份有限公司
地　　址：新北市新店區中正路四維巷二弄2號4樓
電　　話：(02)2219-2080

行政院新聞局局版台業字第3595號 營利事業統一編號22759935

定價：280元　特惠價：199元

國家圖書館出版品預行編目資料

大畫情聖／上山打老虎 著. -- 初版. -- 臺北市：
風雲時代，2013.08 -- 冊；公分

ISBN 978-986-5803-35-3（第10冊；平裝）

857.7　　102015353